幻鄉

陸俊超

幻鄉

作者： 陸俊超

出版社： Ego Press Company
香港紅磡鶴園東街4號恆藝珠寶中心12樓1213室
http://www.ego-press.com

封面設計： Edith Cheung

發行： 香港聯合書刊物流有限公司
香港新界大埔汀麗路36號中華商務印刷大廈3字樓

印刷： 新世紀印刷實業有限公司
香港九龍土瓜灣木廠街36號聯明興工業大廈三字樓全層

版次： 2018年3月第1版第1次印刷

ISBN： 978-988-14841-3-0
Printed in Hong Kong

《序》

　　幻鄉，是一個音樂家和舞蹈家的夢幻之地。在那裡，藝術得到了該有的尊重和賞識。「幻」，是因為它多麼的美好但卻多麼的不現實。

　　在小說中，男女主角都在分別追求唯美的藝術，可惜生不逢時。先是在內地碰到與美學和文明不共戴天的文化大革命，之後逃到有「文化沙漠」之稱的香港。在紙醉金迷，聲色煙塵，經濟急促起飛的資本社會，為了生存，藝術又被庸俗化，商業化。

　　男女主角，為了追求夢想，都付出了沉重的代價，二人都在年輕時曾為現實而結了婚，卻又在婚後才覓到真正的知音。在有生之年遇到真愛，只是碰上的時間不對，是幸福？還是遺憾？

　　作者刻劃出在中國人的社會，不論是在缺乏自由且破壞好鬥的共產政權，或是在商業邏輯和金錢至上的資本體系，藝術和愛情都難以盛放。故事扣人心弦，悲而無奈，反而是當過兵的粗人和在木屋區的清貧百姓，流露了仗義和人情！

　　古今中外，又有多少純真的藝術和愛情經得起名利俗世的考驗和摧殘？

　　作者陸俊超先生生於1928年上海，1956年開始寫作，著有多部長短篇小說，本作品在1995年完成，但一直沒有刊登出版，直至到2017年7月，我到醫院探望陸先生，他才把原稿送贈予我。陸俊超先生於2018年1月1日清晨離開，《幻鄉》可說是他的遺作。

丁頌禮

作者的外甥孫

驚鴻一瞥

　　豪門夜總會以它高雅的格調和超豪華的裝飾傲立於同行之首，更以頻頻替換、身姿不凡的伴娛女郎而蜚聲東南亞。它被譽於富豪們一擲萬金的消魂地，但既富又豪的闊佬即使在風水寶地香港也屬少數。何況尋花問柳各有癖好，各有難言之隱。因此在經理眼中座滿過半就屬好景。近來卻出乎意外的爆滿。鋪著紅地毯的長廊口，早早就豎起了趕製的滿座牌。現在正是夜總會的黃金時刻，大廳裡的光線驀地起了變化，像紗縵蒸氣般的燈光亮了起來，伴著旋轉光柱，一位身着芭蕾舞裙的女郎出現在舞池中心，會場頓時發出了一陣歡顫的騷動。當旋轉的光柱變成了一束追光，隨著天鵝湖樂曲的第一個音符，她那魔幻般的足尖便把人們領進了一個朦朧的夢一般的世界。這是個自編的獨舞，表演者和樂隊配合得如此默契，那漠視萬物，身輕如羽的姿影，那一口氣做了十幾個單腿轉圈的高難舞藝，使場內洋溢出濃烈的古典浪漫主義光輝，她仿佛把這個豪飲做樂的場所變成了藝術的殿堂。一曲終了，廳裡響起了經久不息、心

搖神蕩的掌聲。

　　這動人的場景，說明賓客們正是奔著這只從天而降的「天鵝」而來。特別是隔成方塊的散座裡，那些人山人海、摩肩而立的年青人更是發出了如醉如癡般的讚美聲：「莉莉！莉莉！」

　　大廳的後沿，建有幾間視角最佳的玻璃結構的包廂，它是專為巨賈們設計的。這些上了年紀的風流倜儻，雖然少了幾分散座中年青人的熱情，但各有表達自己欲念的方式，有的兩眼直勾勾的像頭垂涎欲滴的獵狗；有的傲然靠在沙發上，緊抿著嘴在盤算著什麼；唯有左側的那間反應有點特別，那個身着貴族藍格子西裝的中年人，在表演者登場亮相的剎那，就像磁鐵般被莉莉吸引住了。天鵝湖樂曲的旋律一起，他竟忘了擱下手中的酒杯，走出包廂，以行家的目光全神凝注地鑒賞著莉莉的舞姿。這個瘦高身材，氣宇非凡巨富來自J島，剛談妥了一筆交易，被對方邀來消遣的。夜總會對J島來客無不刮目相看，經驗告訴他們，這些來自陽光充沛之地的賓客，個個出手闊綽，一身豪氣。供選的陪娛女郎成雙結對進來又出去，名酒一瓶接一瓶的開啟，他們從不皺動一下眉頭。現在的這一位神態有點異樣，擲下包廂內千姿百態的女郎，出神地佇立在包廂外，形同散座中那幫專為觀賞表演的青年。陪娛女郎們對新近闖入夜總會獨領風騷的莉莉早就心懷不滿，她們雖然蕩漾著迷人的嬌情，卻無法抹去嘴角那充滿輕蔑和忌念的敵意，酸酸地說道：「她

是大陸妹。蘇先生，請進來坐呀！」

　　紳士味十足的J島客如夢初醒，他沒有領會大陸妹這個稱謂所透露的複雜含意，相反引起了一陣驚訝：「喔，大陸也出這樣的舞蹈家！」二十多年了，他竟在香港的夜總會裡重溫到芭蕾藝術的魅力。這時握著酒杯的手發出了輕微的歡顫，杯中物彷彿被催化成沁人肺腑的瓊漿玉液，為慶幸自己能欣賞到如此美妙的舞蹈而舉杯一飲而盡。

　　這位富豪對表演者一睹傾心的神情，早已映入目觀八路的領班眼中，以撩撥的口吻指著莉莉說道：「蘇先生，您想認識一下這位元齊小姐嗎？」

　　「我能獲得這種榮幸嗎？」

　　這是財大氣粗者的口吻嗎？J島客的反應令領班暗吃一驚：「當然，先生，這是豪門夜總會的榮幸！」說著快步向莉莉走去。

　　莉莉展裙禮謝後正欲退入內室，領班搶前一步，輕聲的一句耳語，便指引她朝包廂走去。走經散座時，她朝鼓掌的賓客們頻頻地行著屈膝禮。這是一群準紳士，慕名而來的大學生，他們猶如一批虔誠的朝拜者，用先傾慕後驚惑轉妒忿的目光護送著莉莉走進包廂。

　　J島客迎接天使般躬身遞上了名片：「蘇有義。齊小姐，您給我們帶來了美的享受！」

齊莉莉來夜總會獻藝已有月餘，進出包廂的富豪從裡到外都炫耀著一個錢字，從未見過像對方這般彬彬有禮又瀟灑溫文包廂客，對方熱情悅耳的讚詞更是引起了她的好感：「蘇先生，謝謝您的誇獎。」

　　邀蘇有義結伴而來是個油光滿面的胖子，兩隻小眼睛顯得出奇的有神，盯視著莉莉聳起的乳峰，然後在那雙修長、嫩白而豐滿的大腿上粘住了：「真是百聞不如一見，靚！靚！比剛剛評選出來的香港小姐還要要靚過多多！」他揮手示意身邊的伴酒女郎讓出空位：「坐，齊小姐，這邊坐。」

　　齊莉莉雖已適應夜總會的各種人物，仍被對方的目光刺得渾身發怵，轉身展了下舞裙表示不便就坐，乘機禮讓道：「蘇先生，您請坐呀。」

　　善解人意的蘇有義莞然一笑：「剛才我就是站著欣賞您的天鵝湖的。」他依然沉迷在莉莉的表演中：「齊小姐，您一定接受過嚴格的訓練，很早就開始學習芭蕾了？」

　　「六歲我就被選進了芭蕾舞少校。」

　　「是啊！……是啊！……」蘇有義憑著自己的鑑賞力原想說：你的舞藝完全可以跟歐洲的那些芭蕾舞蹈家媲美！但想到一見面就當眾恭維有些落俗，轉而改用深表歉意的口吻說道：「太遺憾，齊小姐，我沒想到……我應該捧著鮮花來的！」

蘇有義溢於言表的傾慕之情，給齊莉莉帶來了幸遇知音的興奮和自信。她那微微昂起的身姿愈發顯示出一種偉岸的美麗。這時大廳突然傳來了一陣由隱而顯的騷動聲。隨即有個男高音發出了警世般的喊叫：「莉莉，出來，別走進那個金錢的囚籠！」

這聲喊叫猶如樂隊中激越的圓號，引發了一廳交織著妒忿和企盼的呼應：「莉莉，再表演一個！」

「莉莉，別讓銅臭褻瀆神聖的藝術！」

緊接著發出了衝向包廂的噓聲：「銅臭佬！噓，銅臭佬！……」彷彿莉莉掉進了獵人的陷阱，剛才還是溫文爾雅的一群，現在怒衝衝地向包廂逼近。原是炫耀財富和身份的包廂，瞬間變成了人們鄙夷和洩憤的場所。夜總會經理和幾條大漢早已聞聲護衛在包廂口。學生們呼朋喚友公然結伴逛夜總會已屬罕見，現在居然聚眾起哄更是出乎意料。豪門夜總會是超一流的娛樂場所，保衛工作當然周密而穩妥，既有警方的熱線聯繫，又雇有一批彈壓地面的人物。但對付這批狂熱的學生客，誰都不敢亮出慣用的技倆。心裡雖然罵著：無厘頭，發燒友。恨不得當場揪住他們盤問其真名實姓，告到學府去，叫他們戴不成方帽子。但吃歡場飯的都屬這方面的老手，深知世上最惹不起的是學生仔。他們只好滿臉堆笑地疏導：「何必激氣，學生哥，大家都是花錢買歡樂的嘛！」

「什麼歡樂？我們來欣賞藝術，不是花錢來捧闊佬！」

經理更是躬身勸阻說：「請回，先生們，我馬上請齊小姐出來表演。」

齊莉莉緊抱雙肩，那雙深凝的大眼睛裡露出了惶亂無措神情。蘇有義的幾個隨從個個怒目圓睜，正欲挺身為主人掙回面子時，蘇有義坦然一笑地阻止了他們，滿懷歉意地朝莉莉躬身說道：「對不起，齊小姐讓您受驚了，看來我是個不受歡迎的人，最好的辦法是離開這裡，再見，我會記住這個美好的夜晚。」

蘇有義在隨從的護衛下向出口處走，經理一面揚手示意樂隊繼續演奏，一面示意莉莉登場表演，同時貼在蘇有義的身旁連聲道歉。蘇有義卻對那批心目中的雅皮士露出了雍容大度的微笑：「不用道歉，我們都有過同樣的青年時代。」走抵門口，他情不自禁地轉身向舞池回顧了一眼，起舞前的莉莉幾乎在同一瞬間朝蘇有義投出了難以名狀的顧盼。這如驚鴻一瞥的回眸使蘇有義怦然心動，像被一股強大的磁力所吸引而駐足不前了。大廳裡爆發了勝利的歡呼和迎接莉莉起舞的掌聲。蘇有義完全忘了為莉莉解圍而採取自我退卻的尷尬境遇，站在豪門夜總會的邊緣地帶，舉起雙手為莉莉的表演增添了一份掌聲。

悠揚的樂曲撫平了驟然掀起的波瀾，莉莉輕盈的體態、優美的線條和凌空飄逸的技巧，又一次使滿座的年青人心搖神蕩。但最為激動的該是莉莉的母親了。莉莉每次出場，她都以監護人和經紀人

的雙重身份佇立在化粧室的通道口，屏息窺察著觀者的反應。剛才的那陣騷動給她帶來了一個強烈的資訊，讓她親睹了女兒的魅力和價值，極度的亢奮使她忘情地踮起腳尖轉起了舞。她的外貌比實際年齡可以減去十歲，那道彎眉下的眼睛閃爍著攝人的銳光，那小巧的鼻子和薄薄的嘴唇，至今留下當年江南倩女的靈秀。看著女兒令全場男人動心的風韻，歷史的指標突然一下子撥回到了四十年代末的濱江市，夢幻般地映現了自己青年時代在西區首屈一指的愛麗娜舞廳伴舞的姿影。由於她的聰穎和美麗，很快成了洋場闊佬們的競相捧場追逐的紅舞女。當時樂隊裡有個吹黑管的白俄，向老闆舉薦一個跳芭蕾舞的女同胞作間隙助興表演。據稱還是皇族的後裔，五歲就學跳芭蕾。第一次登場，貨不兌現的首先是這個皇族後裔的年齡，自稱三十出頭，雖經濃抹，看去至少加十，別說單腿旋轉，雙尖站立都顯不穩，稀落的掌聲猶如幾憐憫的婉歎。這是她第一次觀賞到的大殺風景的所謂芭蕾，跟眼前女兒相比真是天壤之別，前者的表演，一次就倒了老闆的胃口，再也不敢請她露面了。莉莉呢，不但倍受夜總會經理的青睞，樂隊成員更視為她伴奏是共同的享受。指揮曾多次露出一副讚羨和困惑的神態誇問道：「是你的女？在大陸學的芭蕾？天才，她的樂感好極！」

每逢聽到這種詢問式的誇讚，她就會被迫陷入已模糊但仍帶痛楚的回憶之中。那是一九五一年春天，號稱東方巴黎的濱江市，由

於來自農村的一場革命，素裝淡裹代替了燈紅酒綠，尋花問柳的闊佬已經遠走高飛。幾個要好的姐妹早就奔赴香港重操舊業，她卻苦於逐漸隆起的肚子，眼巴巴地看著她們捷足先行。對她來說，腹中開始躁動的小生命稱不上是愛的結，而是一時疏漏留下的累贅。產下後擲下一筆，把繈褓中的女兒托附給經營賭具的兄嫂，自己趕在港方執行新的入境條例前跨過了羅湖橋。兩年後，她的哥哥因犯聚賭罪被押往外地勞改。她的嫂子在改嫁前將孩子送進了孤兒院。登記表上是這麼寫的：名齊囡囡，父不詳，母齊豔芳，去港後失去聯繫。院方收養後將這個不成其名的稱謂改為齊迎春。這些都是年前為了移居香港而辦理公證手續才逐一弄清的，萬萬想不到是才從大陸認回的這個如花似玉的親骨肉竟練成一身令人傾倒的芭蕾。齊豔芳把這一切歸結為命。她多年來港追求的富貴夢早成了泡影，現在女兒的到來，過去的夢幻又開始在她腦中復蘇了。看看那些包廂裡的富佬巨賈，透過厚厚的玻璃本能地感受到那一對對競獵的目光。這時一陣陣歡顫掠過心頭，真是人見人愛的囡囡呀！跨過羅湖橋還不到一年，就抖掉了一身大陸味，香港真是調教人的寶地，用不了多久，一切都會變樣的。她又一次陶醉在對未來的憧憬裡。

莉莉踏著掌聲返回化粧室時，齊豔芳立即挪動凳子遞上飲料：「快歇歇，莉莉，今晚包廂裡來了個朱老闆，也是開夜總會的，還開了家有名的海鮮館和時裝公司，他捧紅了不少歌星，娛樂圈裡的

人都想巴結他……」

「姆媽，」莉莉打斷了母親不加掩飾的嘮叨：「你不是叫我歇歇嗎？」她轉過身表示想清靜一會。剛才的那場騷動還在她心中留有餘波，特別是那個蘇有義，給她留下了強烈的印象，那灑脫的儀表，那謙和有禮的風度，那悅耳可親的談吐，那種維護女性至上的舉措，處處閃耀出男性的魅力。對方的被迫離去使她感到歉疚，他還會來嗎？想到對方離去時回首駐足的神情，她在心裡作出了肯定的回答：會來的，看上去他比那些學生更懂得芭蕾……

「莉莉，」齊豔芳按捺不住內心的喜悅又上前搭話道：「東邊包廂裡有個留小鬍子的人你留意了嗎？他是胡家大少爺，是個馬迷，在跑馬場裡養了好幾匹賽馬，一匹值幾百萬吶！他今天來得最早，他們一家專做股票生意，他父親現在還活著。廿幾年前還常逛舞廳，那時已是六十好幾的老頭了，我聽了他的話，投錯了股，把全部積蓄都蝕光了。那個老不死的寧波佬……」她還想往下嘮叨時，夜總會經理突然走了進來，把她叫進了經理室。

經理示意對方坐下，自己滿臉陰沉地在室內踱著方步，最後冷冷地發話道：「芳姐，剛才阿梁他們跟我商定了，明天開始莉莉小姐別來表演了。」

齊豔芳吃了一驚，定了下神反問道：「什麼，你們不讓莉莉來表演？！」

「剛才的事你都看到了。」

「年青人起哄算得了什麼，」齊豔芳一派過來人的口吻：「這才叫利市！莉莉給這裡爭來了多少客人！」

「利市！」經理一副老謀失算的沮喪相：「什麼利市，引來了一群學生仔，他們只喝啤酒、咖啡。這些日子少開了多少XO。天天豎客滿牌，營業額反比過去少了一半還多，你沒看見，那些姑娘都在坐冷板凳。你是明白人，夜總會靠她們搵錢，她們靠夜總會搵食。」

齊豔芳是托人跟經理拉上關係的，對方講的雖是實話，但她女兒的成功給她撐了腰，說話的口氣也不同往常：「先生，港地這麼多夜總會，見過像莉莉這樣跳芭蕾的嗎？這樣吧，少表演幾場，早點走人就是囉。」

「這裡不是劇院。」經理的語氣毫無鬆動的餘地，他得儘快堵住那些只花百把元就闖進豪門來的學生仔。隨即取出了一個裝了錢的信封，遞給齊豔芳：「不會虧待你的。芳姐，你檢回了這麼個香港都難覓的靚囡，今後什麼都不用愁了。」

你屬於芭蕾

　　豪門夜總會的解約對莉莉是個沉重的打擊，當她傾注全力施展自己的才藝時，幸運女神又一次撇下她撒手而去。文革中的那次，她是在有組織的突襲下被逐的，這次卻是在掌聲中解約的。上次是被迫離開舞臺，這回是拿了酬金離開夜總會。兩相對比，心裡有著說不出的滋味。唯一使她寬慰的是，如今她成了大陸團友們傾慕的香港人。她可以自由自在地藉逛馬路逛商場來消解心中的鬱悶和沮喪。那巍峨的建築，金碧輝煌的裝飾，琳琅滿目的商品，以及路人驀然回首向她投來的定睛凝注，這一切都彷彿在向她招手，邀她分享這裡的財富。今天莉莉當然更有理由上街了。她逛街逛商場時完全有別於淑女們那種懶洋洋的浪蕩相，對每一件出現在眼前的精品和擺設都投注於真情，或驚訝或傾慕或露出得以鑑賞而獲得的滿足感，這份純情的天真，更為她增添了青春的美麗。逛著逛著她來到了中環附近的一幢大廈的底層，心裡突然一顫，想起蘇有義名片上的辦公室正設在這座著名的大廈裡。掏出名片一看果然不錯。其實

在她的意識深處，今天逛街的路線正是沿著這個方向而來。她希望昨晚中斷的會晤得到延續，藉此表達對蘇有義的歉意。遲疑片刻後，終於撥通了對方的電話：

「我找蘇有義先生，……我叫齊莉莉……」

「蘇先生正在接待客人，」話筒裡傳來女辦事員的聲音：「請問是否跟蘇先生約好的嗎？」

「請你轉告一下。」從中斷的聲音中，莉莉感覺到了對方的猶豫，接著便傳來蘇有義的聲音：「貴姓？」

「蘇先生嗎？我是莉莉。」

「莉莉，啊！是齊小姐！」話筒裡的聲音顯得熱切而驚喜：「您在哪兒？」

「我就在樓下咖啡室旁打的電話。」

「啊！請等一等，我馬上下來！」

放下話筒，莉莉由剛才的遲疑轉為沉矜，從蘇有義的語氣中証明這樣冒然造訪並未失卻自己的尊嚴。

蘇有義從跨出辦公室到進出電梯，然後恭立在齊莉莉跟前，給人以一氣呵成的速度：「齊小姐，謝謝您的電話，您給了我意想不到的榮幸！」

齊莉莉今天身着淺綠色套裝，愈發襯托出她那晶瑩嬌嫩的肌膚。她上身微微前傾，水靈靈的眼睛帶笑地注視著對方，那身姿和

神態，讓人感到宛如置身於舞臺上的人物。聲音更是甜脆得令人心顫：「蘇先生，您太客氣了，我是特地跑來向您表示歉意的。」

面對齊莉莉迷人的姿韻，蘇有義突然想起早年在歐洲上大學時的一件往事。進入藝術學府的同學都把女性當作藝術品來欣賞和品味，面對西方同學的偏見和傲慢，他曾發表過獨特的高論：西方女性最好是遠看，東方女性遠近都相宜，唯有中國女性經得起細看。當然，這是他青年時代帶有感情色彩的審美觀。事實上至今還未見到一個真正足以讓他傾倒的女性。不，昨晚在夜總會裡跳芭蕾，現在像朵綻開的玫瑰般亭立的齊莉莉，奇蹟般地在他的生活中出現了。他又一次被心目中期望的美所攝服和陶醉。

齊莉莉望著久不回話的蘇有義，作出了分手的準備：「蘇先生，我是路過這裡的，聽說您正在會客。」

蘇有義這才如夢初醒，發現他倆已成了眾目凝注的焦點，轉身邀請道：「齊小姐，我們進去喝杯咖啡好嗎？」

咖啡室剛開門，他倆是最早的一對客人。這裡光線暗淡，空間雖小，佈置得古樸典雅，一門之隔，恍然走進了另一個世界。莉莉呷了口咖啡，微仰著臉嬌聲說道：「蘇先生，你還沒回答我的話呢！」

「啊？！」

「我為昨晚的事向你表示歉意。」

「不，齊小姐，表示歉意的應該是我。」蘇有義一派紳士風度：「年青人喜歡編排這種戲劇性的場景，有幸者才能身歷其境的。」蘇有義突然意識莉莉一再提及此事，認定是經營有術的經理授意她來訪的：「齊小姐，請你轉告經理，這樣的事無損於豪門夜總會的聲譽。」

「我跟經理不熟悉，」莉莉顯然沒有領會對方的意思：「昨晚他跟我解約了。」

「為什麼？！」

莉莉露出了一絲苦澀的微笑：「他說我的位置應該在劇院的舞臺上。」

「是的，舞臺才是藝術的殿堂，」蘇有義隱約地感到莉莉的解約可能跟昨晚發生的事有關：「齊小姐，你……」他原想問莉莉對今後的打算，但出於初次見面的禮貌而沒有問出口。

「奇怪，這麼繁華的香港，沒見到演出過大型的芭蕾舞劇。」莉莉的心裡泛起了淡淡的憂鬱：「這裡只有私人開辦的芭蕾舞學校，一到香港我就去試過了，這裡特講身份，沒有皇家什麼的頭銜，別人看不起，不願意和你合作，我只好去學車衣……」

「車衣？！」

「可我的手太笨」莉莉伸出了纖細的雙手：「我每天車不到別人的一半。」

蘇有義滿臉驚惑地聽著，突然發現莉莉苦澀的笑臉上微露著一個淺淺的酒渦，他的目光隨即在那個帶有苦味的酒渦上凝固了。那酒渦，那淡淡的憂鬱在他心裡引出了一種難以言喻的美。

　　莉莉的表情是這樣的敏感而多變，在蘇有義的凝注下，她的臉上泛起了一陣羞澀的紅暈：「蘇先生，你不笑話我吧，我是打工女的命。」

　　「不，」蘇有義從那個酒渦裡彷彿看到了對方旋轉的舞姿：「學芭蕾的人不多，達到表演水準的就更少了。齊小姐，你屬於芭蕾！你已經叩開了那扇通向藝術殿堂的大門。」

　　齊莉莉不禁發出了孩子般的笑聲，心想這個大老闆，說話和外表更像個藝術家。她訴苦道：「蘇先生，你不知道，投身藝術太苦了，每天練啊，練啊！還要遭受到意想不到的打擊。」她剛剛吐露內心的積鬱，馬上意識到各自的身份，迅即把心靈的大門關上了。

　　蘇有義全神貫注地聽著，深情地鼓勵道：「齊小姐，我在聽著呢，我能理解的，請說下去。」

　　「蘇先生，認識你我很高興。」莉莉迎著對方熾熱的目光，意識到在一個新結識的男士面前呆得夠久、談得夠多了。欠身說道：「我得走了，車衣廠的老闆答應過我，隨時歡迎我回去。」

　　蘇有義就像見到了一個即將溺水的姑娘，驀地站了起來，那模樣猶如西方電影中的騎士，伸出頎長的雙臂：「別走，齊小姐，」

他的聲音近似命令，但更像是懇求：「齊小姐，請答應別走，我上去一會就回來。」

莉莉驚怔片刻後，終於點了下頭，望著對方疾步離去的背影陷入了沉思。她在夜總會見過不少大老闆，從他們的身上簡直可以聞出珠寶味，但從蘇有義身上卻洋溢著一股友誼的暖流。她還是第一次接觸到比自己年長多又願意跟其接近的男人。這個有隨從跟著進出的巨富，年齡總該有五十了吧，看上去卻像四十出頭，除了男人們共有的對她的殷勤外，跟他相處卻有一種無需設防的安全感。這恰恰是來港後，特別是進入夜總會獻藝後，必須時刻提防巧於應對的。閃念間，蘇有義翩然回到了她的身邊：「齊小姐，沒讓你久等吧。」

蘇有義的多禮使莉莉感到不安：「蘇先生，有事盡管去辦吧，我等著。」

「講妥了，齊小姐，我們一起去吃午飯吧，我想跟你商量件事。」

齊莉莉感到驚訝：「什麼事？蘇先生。」

「吃飯時再一起商量好嗎？」

蘇有義偕同莉莉來到大廈的出口處，仰首間那輛羅斯萊斯轎車就戛然停到了他們跟前，把他們送到了一家著名的法國餐館。侍者問明身份後，便把他們引到了剛由電話預約的桌子前。桌上插放著

一束紅黃交織的玫瑰，悅目而幽香。這裡金碧輝煌，讓人感到彷彿置身於宮廷式的宴會廳裡。因是午餐時間，顧客很少，陸續進來的大半是番佬。蘇有義朝莉莉面前移動了一下菜譜：「齊小姐。」

莉莉還是第一次見到印刷得如此闊綽的菜譜。她早聽母親誇羨過這家餐館的許多逸聞，現在自己居然也成了這裡的座上客，但面對陌生的菜譜，祖露出孩子般的靦腆：「蘇先生，我跟你吃一樣的好嗎？」

在蘇有義眼裡，那純樸而靦腆的樣子真是美極了。他點了法國風味的蝸牛和古巴的蛙腿，還要了瓶名貴的法國葡萄酒。今天他的酒興格外好，每當雙目相對時，他就禁不住舉杯一飲而盡。莉莉不會喝酒，但拗不過對方的熱情，半小杯酒只是舉杯而不見杯中物的減少。半瓶下肚後，蘇有義突然用一種充滿感情色彩的語調說道：「齊小姐，我在歐洲學音樂的時候是個窮學生，不但懷著流落他鄉的孤獨感，還天天為學費和生活費發愁。我們一群窮同學經常結伴到小酒吧和夜總會去演奏，後來還邀請了學舞蹈的同學一起去表演。我們不是去乞討，齊小姐，用藝術去掙錢，我們的心裡充滿驕傲！」他邊說邊熱情地舉杯慫恿道：「齊小姐，這酒是專為女士們釀造的，為了我們的友誼，請你嚐一口。」

莉莉從來未聽過為了慶賀友誼比這更坦誠動人的祝酒詞，她放懷地舉起小半杯酒一飲而盡。放下酒杯，他們凝目相對地笑了，笑

得那麼真摯，像從兩個陌生的世界裡被藝術感召到一起來的密友。蘇有義從莉莉清亮得像兩潭清泉般的眼睛裡看到了自己的影子。比面前的莉莉還年青的時候，他在學院裡主修小提琴，艱辛的大學時代是在歡愉的琴聲中渡過的，但它早在記憶中漸漸流失了。今天竟意外地咀嚼到了曾是藝術跋涉者的這份帶有苦澀的甘味。

莉莉從對方眼中看到的是撲朔迷離的神采，面前的蘇有義一下子變成了另一個人，她終於明白了對方為什麼更像個藝術家的來由：「蘇先生，我們的芭蕾舞學校有個教樂理的老師，也說過類似的話，他說獻身藝術是值得驕傲！」

「啊，老師，」蘇有義聽到老師兩字，無限感慨地說道：「齊小姐，我畢業回家後，在學校裡也當過兩年音樂老師。」

「那我應該稱呼您蘇老師！」

「不敢當，我已經不夠資格再當老師。」

敞開心扉的對話把雙方的距離拉得更近了。在莉莉心目中，蘇有義又變得像個老師、長者和知音。她好奇地問道：「那你怎麼變成了大老闆？！」

面對這句孩子氣的問話，蘇有義不禁露出了一閃即逝苦笑，按下了一聲喟嘆：「因為我缺乏堅強的意志，所以成不了藝術家。可是我變得更熱愛藝術，更尊重藝術的一個觀眾。齊小姐，我說的是真話，你相信嗎？」

缺乏意志和當上老闆之間有什麼聯繫呢，蘇有義的答非所問令莉莉驚訝。但切身感受反複告訴自己，一個長期接受過藝術薰陶的人，除了生活的家園，聽到音樂，看到舞影就像回到了另一個精神的家園。所以深信對方對藝術的迷戀：「我相信的。」

「這就好了，剛才我說過跟你商量件事，現在我們可開始研究。」

莉莉閃露著期待的目光，心裡揣摩著，繞了這麼個大彎，還頂神秘的，跟一個港人眼中的大陸妹有什麼事可商量的？

「齊小姐，是這樣的，」蘇有義的神情顯得嚴肅而認真：「幾年前我們公司在銅鑼灣買下了一層公寓，原想提供給來港辦事的職員使用的。但他們藉口便於工作都願意住飯店，所以一直閑置著。齊小姐，希望你利用它辦個兒童舞蹈班，好嗎？我猜你一定不會拒絕的。」

「喲，蘇先生，我可從來沒有當過老師，」莉莉既興奮又驚惑：「再說我除了會跳芭蕾外，其它什麼都沒有。」

「這就足夠了，齊小姐，別介意，只要你同意，一切都會安排好的。你就把它當作是我們公司的投資好了。剛才上樓時我已經跟經理交待過了。辦舞蹈班是第一步，讓香港的藝術界認識你，承認你，重要的是要敢於表現自己，敢於向別人挑戰！」蘇有義舉起了酒杯，像個鼓動家似的：「齊小姐，讓我為你未來的事業乾杯！」

莉莉猶如墮入夢境，偶然的邂逅竟迎來了這般誘人的前景。她惦量了這份好運的份量後，情不自禁地說道：「蘇先生，辦舞蹈班得花不少錢啊！靠學費很難掙回來的。」

「齊小姐，你說過相信我說的是真心話，因為我熱愛藝術，尊重藝術。藝術需要金錢來支撐，但藝術又是無價的！」

莉莉的眼睛突然潤濕了：「蘇先生，你像老師那樣鼓勵我，我只好鼓足勇氣試試了。」

驅車前往來的舞蹈班途中，蘇有義發出了一聲欣慰的慨嘆：「齊小姐，我有一種預感，你肯定會接受我這個建議的！」

「是嗎？」

「是的，因為你屬於芭蕾！」

他們來到位於十八層高的公寓時，陳經理早就帶領幾個工友在此作了一番收拾。客廳的地毯已被捲起，沙發也被挪了位置，組合音箱正在播放著音樂。陳經理也是蘇有義昨晚的隨從，仰睹過莉莉風采，喜形於色的說道：「齊小姐，今天是個值得慶賀的日子，你來得太巧了。假如晚了幾小時，蘇先生就坐飛機走了。」他從袋裡取出了一張機票：「你看，剛換了明天的機票。」

莉莉不知該如何恰當地表達此時的感情。蘇有義朝陳經理遞了個微責的眼色，他怕對方的話誤傷了莉莉的自尊，連忙介面道：「齊小姐，陳經理親自趕來主辦這件事，因為他深信你一定會為

我們公司增添光彩！他代表公司祝賀你即將成為這所芭蕾舞班的校長。」他環顧了一下寬敞的大廳：「齊小姐，在這裡上舞蹈課我看夠了吧。需要的話，樓面可以重新組合。」

莉莉一走進這個鋥亮的大客廳，彷彿置身於舞臺上：「啊！我們舞團的排練廳比這裡大不了多少。」這個從天而降的機遇使她興奮不已，加上那一小杯葡萄酒起的作用吧，她竟忘情地當場卸下了高跟鞋，隨著樂聲踮起足尖，天鵝般翩翩起來……

兩個大陸仔

颱風整整施虐了一晝夜，把豪門夜總會的海報牌沖刮得七歪八倒。老畫師愕立在剛被卸下的一幅巨畫前，久久不讓工友車走。畫中人凌空翩翩的舞姿栩栩如生，人美、畫美，還有一種令人無法言喻的風韻。經理早就下達了將其拆除的指令，但老畫師有意拖延著不辦。為了這幅畫，接過彩照後，他破例到現場觀摩了幾個晚上，而且公開誇下海口：他站在腳手架上畫了幾十年廣告畫，唯有這一幅算是使出了渾身的心力。任你走遍港九兩地，找不出比它更醒目的。今天無可奈何地被一起拆卸了下來。拆卸工望著老畫師凝神入化的神態，戲謔道：「乾脆車回家睇個夠囉！」

老畫師依然木立著，這幅畫實在太大了，不然看他那癡迷相，真會把它車回家珍藏起來。這時他的身後來了個過路的年青人，顯然是被這幅畫所吸引，突然驚叫起來：「啊，這畫的不是小齊嗎？」

老畫師如從夢幻中驚醒，扭轉了頭：「你認識她？」

「認識，我們從廣州一起坐車到的深圳，又一起過的關，一起

到的香港。」年青人擺出一副相識的樣子：「她是我們濱江市出了名的芭蕾舞演員。原名叫齊迎春，莉莉的名字是她母親給改的。」

年青人擲下沒頭沒尾的一堆話走了。走出十步之遙，突然又折回來：「先生，我給你看樣寶貝！」他從挎包裡取出了一個小包，從層層包裹著的袋中取出了半截類似腸狀的東西：「識不識？這是最威最威的虎鞭！不識？……」他又從挎包裡取出了一張紙板，上面赫然寫著兩個粗壯的毛筆字：「虎鞭！」年青人高高地豎起了大拇指：「這是最威最威的東北虎！」

老畫師半信半疑地看了看那根小半截虎鞭，又朝這個大陸仔端詳了一番。年青人不失時機地開始滔滔地介紹它的來歷：「文化大革命你是知道的，大陸學生上山下鄉聽説過嗎？我報名上了東北的大興安嶺。好走運啊！我在深山老林裡從老獵戶手中高價買得了兩根虎鞭！你看看這刺紋，識貨的一看就不肯放手囉！現在東北虎快滅絕了，我就賣剩這麼點，你行遍香港都揾唔到咁。我特地留下來送人幫我揾份好工。」

老畫師好奇地從對方手中拿過了虎鞭，架起老花鏡認真端詳起來。正在收整畫牌的工友走了過來，年青人一本正經地攔住他們：「後生仔吃不得，吃了要惹事的！」他又轉向老畫師：「認出來了？要的話我讓一半給你。」

老畫師開始動心了，一個用荒腔走板的普通話，另一個學著夾

生的廣東腔展開了討價還價的交易。

「一半幾多錢？」

「五百元囉。」

「太貴，太貴！」

「先生，你拿錢隨時可以買回金子，今天不是湊巧碰到我，你用大把大把港紙也休想買回這點虎鞭！」年青人意識到成交有望了，他從挎包裡摸了許久終於掏出了一把鋒利的小刀，比劃著正要下手，老畫師邊嚷邊用手把刀子向裡推了些許：「客氣點，客氣點。」

「老先生，我是從大陸光著身子出來的，就帶兩根換錢的寶貝！多割一點比割我的肉還痛啊！六百元！」

「六百，好，」老畫師握著對方的刀把：「再往裡去一點。」

年青人似乎看準了老畫師的心態，怎麼也不肯下手，最後他突然收起刀子，作出忍痛割愛的姿態：「全給你，八百元，我討個吉利，八百！」

老畫師掏錢包時，年青人露出一副欲悔不能的懊喪相：「太便宜了，太便宜了！」他接過錢往袋裡一塞，邊說邊揚長而去：「老先生，回家泡虎骨酒喝，威上威啊！」穿過馬路後，他從那幅畫聯想到自己多時未去看小齊一家了。這幾天報紙連續報導有關木屋區遭受颱風襲擊後的消息，有的還刊登了房屋被掀塌的照片。他招停

了一輛出租車，決定去探望一下。來到半山腰的木屋區，他直奔小齊家的木屋。令他驚訝的是所經之處，那些磚木和鉄皮結構陋屋幾乎完好如舊。小齊家的門洞開著，連喚數聲都無人應答。這時有個肩扛板條的老人招呼道：「是找根仔嗎？」

「是的，阿伯，我來找瑞根。」

老人指著高處的一間木屋：「跟我來，根仔正忙著帶人修屋。」

年青人抬頭一看，高處的屋頂上有個身影在移動，他一眼就認出正是小齊的丈夫余瑞根。他健步如飛地一下子躍登了十幾個石階。然後突然又轉身快步下到老人的跟前：「阿伯，給我扛。」

氣喘噓噓的老人望了望對方整潔的穿著，低著頭只顧艱辛地往上攀登。年青人卸下背包，脫下襯衣，光著健壯的膀子：「上千斤的原木我都扛過，阿伯，給我，你幫我拿這個。」他奪下了老人肩上的板條，輕如一捆稻草般往肩上一放，蹬蹬的邊登高邊喊道：「阿根，阿根！」

正在屋頂換蓋石棉瓦的余瑞根驚喜地回喊道：「小崔！德發！」

兩個同車來到香港的大陸仔，一個在上，一個在下，情如手足般用家鄉話互訴著衷情。

「阿根，颱風一到，我就擔心你家的木板房。怪了，這裡全好好的。」

「我跟林伯整整忙了三天三夜。這家人回大陸探親去了，現在就剩下這點活，我馬上就下來。」

崔德發望著大汗淋漓的余瑞根：「阿根，他們出手還客氣嗎？」

「都是好鄰居，」余瑞根流露出明顯的羞於啟齒的語氣：「給我也不能拿，反正我有的是力氣。」

「我説阿根，這裡不樹標兵，不評勞模，你怎麼把老一套也帶過閘來啦！」

余瑞根赧然一笑，這是他迴避話題時的習慣反應，轉而關切地問道：「今天歇工了？」

「跟車賣苦力的活早不幹了。」

「搵到了好工？」

崔德發響起了一陣得意的笑聲：「慢慢我再跟你細説。」

老人來到屋前時，余瑞根撐緊了最後一塊瓦板也下到了地面。他朝崔德發恭敬地介紹道：「這是林伯，我們木屋區的長老。」接著他把那捆板條抱進了屋，又搬了張小板凳，放在林伯面前：「林伯，你歇一歇，德發來得正好，這點活讓德發幫著幹。」他把鑿子遞給崔德發：「這片地板全黴酥了，乾脆幫他們換上新的。」

幹完活回到家裡，余瑞根馬不停蹄地一面忙著做菜，一面抱歉道：「德發，這幾天我忙得團團轉，沒功夫買菜，隨便吃點。」

崔德發打開冰箱，發現放了一排罐啤，余瑞根這才想起來：

「鄰居送的，我都忘了，快喝，快喝！」

崔德發邊喝邊問道：「小齊還沒回來？」

「她開了個舞蹈班，忙得好苦啊！住在這裡不方便，早跟她母親擠住在一起。」余瑞根輕嘆一聲，滿臉愧疚的樣子：「她的事我一點忙都幫不上。」

崔德發每次跑來看望像頭黃牛般任勞任怨的余瑞根，就會冒出一股相互矛盾的心緒，余瑞根比自己稍長幾歲，對他懷有兄長般的敬意，但對他自甘處於現在的境地又深感不滿。來香港快一年了，還在打散工操持家務，一個堂堂的男子漢，總得找份像樣的活幹幹。最近他聽說有些來港後一時找不到工作的大陸客，都往大陸辦的機構裡鑽。身有黨票的人在他們眼裡照樣比別人吃香。腦子活絡的崔德發恍然大悟地說道：「阿根，你整天呆在半山腰裡真變成戇大了，你不是有黨票嗎？趕緊給單位寫信，叫他們出個証明，大陸在香港開的全是大廠，到時找上門去準給你安排個好差事，工資也肯定比別人開得大！」

余瑞根正在炒菜，沒聽清對方的話：「票，你說的是什麼票？」

「黨票，你的那張黨票，在香港照樣吃得開？」

「別瞎吹，德發，」余瑞根面帶愧色地否認道：「我不是黨員。」

崔德發吃驚得連聲音都變了：「怎麼，你不是黨員！！那天小齊當著我的面誇你是全廠有名的技術標兵和勞動模範。我看你比

黨員還像黨員！」

「我祖輩都是只顧幹活的老實人，」余瑞根放下勺子，指指腦瓜子：「我也只是個幹活的料。」

崔德發把喝完的空罐往門外一擲，也拍了下自己的腦袋，又一次恍然大悟地說道：「我也變懶了，像你這把好手，難怪十幾年只混上個工段長。」

余瑞根勸阻道：「別這麼說，工段長算不上幹部，這個吃力不討好的活誰都不願幹，其實幹好了心裡也挺高興的。」

「阿根，我說你爹媽生下你的時候準是缺了根筋。哈哈，難怪到了香港你就全聽小齊的囉。」崔德發又想到了那幅，那是條既繁華又幽雅的寸金之地，能在那裡樹上個牌子夠氣派了。他正想問什麼，卻被一陣小女孩的叫喊聲打斷：「爸爸！爸爸！」

「貝貝從幼兒園回來了！」余瑞根朝撲向懷裡的女兒說道：「貝貝，你看誰來了，快叫叔叔，跳個舞給叔叔看看。」

貝貝朝崔德發睜大了烏黑的眼睛，一轉身就跳了起來。余瑞根誇讚道：「她不怕生，見人就跳舞。」

「媽媽是芭蕾舞演員，女兒當然愛跳舞啦！」崔德發一把將她舉過了頭：「貝貝，跳得好，快叫叔叔，我給你好東西！」

「叔叔！」

崔德發放下貝貝：「滿三歲了吧，夠高的啦，將來肯定長得美

過你媽媽！」他從挎包裡取出了錢包，從中抽出了一張嶄新的五百元港幣，遞給貝貝：「給！」

余瑞根慌忙阻攔道：「這，這⋯⋯德發，你怎麼啦，」他捏住對方的手硬要崔德發收回去。崔德發氣壯如牛地說道：「五百元算得了什麼，阿根，我不再是半年前的崔德發！」

這時門外傳來了一個女人的喊聲：「貝貝，貝貝！」

貝貝邊答應邊向她爸爸說道：「阿姨叫我上她家去吃飯。」

「去吧，別淘氣。」余瑞根轉向崔德發：「鄰居都喜歡貝貝，有時我打散工回來晚了，她們就幫我從幼兒園接回自己家去。」

「為什麼不交給她外婆帶？」

「她一個人生活慣了，又愛清爽，不能再給她添麻。」

「阿根啊，」崔德發慨嘆道：「沒想到來了香港，你既當爹又做起媽來了！」

「你知道的，小齊好強，能讓她安心工作，家裡的事我全能對付。」

剛擺好碗筷，有人提了瓶酒和一隻燒鵝走了進來：「根仔，聽說來了客人，這酒是朋友送的，放在家裡快兩年了，把它喝了吧。燒鵝是林伯叫我送來的。」

余瑞根聞聲從廚房趕出時，來人已經走得好遠了。

崔德發毫不客氣的打開了紙袋：「哈，白蘭地！阿根，這個窮

窩窩，住的人倒頂不錯。」

這種互表情誼的往來恰是木屋區的一大特點。它跟余瑞根的老家，地處城郊給合點的街坊有點相似，人們總是朝夕相呼勤於往來的。身為機修車間的工段長，余瑞根車、鉋、鉗樣樣精通，連電焊和木工活也在行，是個難得的多面手。到這裡落戶後，跟在老家一樣，無論那家遇上了疑難活，聞訊後不請自到，而且幹得漂亮利落，所以深受鄰居們的愛戴。但余瑞根感到這裡的鄰居顯得更謙遜而多禮，所以面對送來的食物喃喃道：「德發，我欠鄰居們的情太多了！」

「你替別人修屋，人家給你送，不就撸平了。」崔德發打開瓶塞，迫不及待地舉杯痛飲了。

余瑞根不會喝酒，一旁陪著，按時叮囑一句：「喝慢點，德發，別喝得太急。」

「沒事，在大興安嶺我們捧著海碗喝，我跟那幫北佬拼過六十度高粱！」崔德發剛到香港時，每逢歇工，常上這兒來。余瑞根為人純樸，待人敦厚，加上還有個天使般美麗的能跳能唱的小齊，即使只有一頓飯的功夫，窮小子也會變成了快活的神仙。他們彼此敞開心扉，抵膝長談，交流在這個人生地不熟的海島上擊風撲浪的經驗。現在半瓶酒下肚，崔德發又想起了那幅畫。這個機靈鬼總感到其中有什麼奧秘，微醉的眼神帶著幾分狡黠：「阿根，你是怎麼把

小齊搞到手的？」

這句突如其來的問話，就像在愛情的賽場上突然被裁判出示了黃牌，犯下了什麼障眼的賽規。余瑞根是個極內向又很守本份的人。但他並不缺乏機敏。在生活中，他經常接觸到這種帶有問號的眼光，只是不像崔德發這般直接地當面詰問罷了。是的，一個長得人見人讚的芭蕾舞演員，為什麼下嫁給一個整天擺弄板手和鎯頭的工人呢？為什麼？多年來連他自己也沒能完全找到答案。他迴避了對方的目光：「這是文化大革命……」

「哈哈，文化大革命！阿根，別人都遭了難，我在深山老林裡整整熬了八年！就你得了福，快說，讓哥兒倆樂一樂！」

余瑞根滴酒未沾，臉已漲得通紅。他把崔德發酒後對他們婚姻的議論視為對小齊的褻瀆。用一種既苦澀又寬容的語氣把話叉開：「德發，喝酒，多吃點菜。」

崔德發絲毫未覺察對方的臉色和語氣，他借酒助威，緊追不捨：「阿根，都說不聲不響的貓才是逮鼠的好貓，你給阿弟傳授點逮女人的竅門！」

余瑞根守口如瓶，起身給對方泡了杯濃茶，關切地轉換了話題：「德發，還跟妹妹住一起？」

「什麼妹妹？」崔德發突然變得金剛怒目：「他們出門坐奔馳，我在香港用兩條腿量馬路。我從不伸手討過一個子，他們還嫌我一

身大陸味。我早搬走了。從今不再認這個妹子！」

　　關於他們兄妹間的關係，心直口快的崔德發早在來港的同車途中就張揚開了。文革中，他們一個北上，奔赴大興安嶺；一個南下，去了西雙版納。後來扛著紅衛兵的大旗，以解放全人類，散播革命種子為名，衝出了國境線。最後又來了個一百八十度大轉彎，偷渡去了香港。崔德發為此背上了黑鍋，沒想到風雲突變，因禍得了福，去年經他神通廣大的妹夫通路，給他辦成了出境證。沒料到剛圓了兄妹團聚夢就反目了。余瑞根勸慰道：「搬開住，進出自由。上次我就想勸你另找地方。別說氣話，德發，手足情比什麼都親啊！」

　　崔德發兩眼直瞪瞪地望著對方，他醉了，眼中突然滾動著淚水：「她上了當，做了人家小的！」他在空中猛砸了一拳：「我恨不得一刀子把那個開賭館的老傢伙宰了！」

　　余瑞根的眼圈紅了，他看不得別人受委屈，更看不得別人淚矇矇的眼神，強迫崔德發喝下那杯解酒的濃茶：「想開些，德發，這些年聽的、看的還少嗎？」

　　「不就是多了幾個錢嗎？讓他們等著瞧，」崔德發一仰脖，把大半杯酒灌了下去，猛地放聲大笑起來，真是個一會響雷，一會刮風的漢子：「阿根，我就要發財啦！你還是跟我一起做生意吧。」

　　「什麼生意？」

「跟我一起去賣虎鞭！」

「什麼虎鞭？」

「哈哈！聞名四海的老虎鞭！」崔德發踉蹌著從挎包裡取出了一整根，醉眼矇矇地指著上面的刺紋：「你先見識、見識，這麼一根碰巧了能賣三千！」

「你從那兒弄來的？賣完了呢？」

「我房裡還放著幾十根呢，」他望著余瑞根一副驚惑狀：「阿根，你老實得簡直像根木頭！我有天大的本事能上哪兒去弄真正的虎鞭。告訴你，這是我加工出來的！」

「加工？」

崔德發得意得笑彎腰：「這是牛鞭，我給它雕上刺紋，一泡一曬，它就變成虎鞭啦！」

余瑞根萬萬想不到崔德發能有如此邪乎的本領：「人家能信嗎？」

「香港佬個個都是鹹濕佬！袋裡放著大把鈔票，一聽到虎鞭，兩眼就閃光！」他從挎包的底層取出了一本銀行存摺，遞到余瑞根眼前：「仔細看看，數數是幾位數，只花了一個多月功夫，我就攢下了五萬！」

余瑞根既為對方高興更為他擔憂：「德發，當心被人拆穿。」

「我放一槍就換一個地方。這個月我剛從西環兜到灣仔，兜完

了香港還有九龍。阿根，跟我幹，我們對半拆賬。幹它一年我們就開廠做老板，你有技術，我有噱頭，到時我們就真的發！發！發啦！」

崔德發已經進入隨心所欲的酒鄉，彷彿已坐上了自己的奔馳車，飄飄然地抖起了二郎腿。余瑞根不具備對方的膽略和機靈，更不敢作什麼非份之想。面對這個義氣十足的同路人，委婉地怯謝道：「我嘴笨，廣東話說不上幾句，德發，你也得格外小心才好。」

「阿根，幹這行就是不要說廣東話，一搭一檔，人家更相信我們是從大陸弄來的真貨。」崔德發把胸口拍得乓乓響：「別怕，這裡是好仔怕爛仔，爛仔就怕窮大陸仔！」他突然擺起了功架：「我在興安嶺當民兵那陣子學過擒拿又練過武功，上來三五個，我一刷子就能把他們撂倒！」崔德發當即做了個掃腿的動作，肯定是喝多了，剛提腿就一屁股坐倒在地板上。

余瑞根連忙將他扶起，看了下錶，怕他路上出事：「德發，小齊最近不回來住，今晚你就別走了。」

「好，」崔德發抓起酒瓶搖了搖，倒下了最後的一滴：「這瓶洋酒我包了。」

半夜時分，崔德發被渴醒，翻身下床找水喝，看見余瑞根父女倆睡在鋪著涼席的地板上，他一陣頭暈，回想不起自己是如何上床

的。他很為自己的喧賓奪主感到不安。更令他揪心的是面前的這幅父女甜睡圖，貝貝幼小的身軀正甜甜地被依托在父親巨大的手掌上。崔德發怕驚動了他們，強忍著燥渴輕輕地又上了床。剛閉上眼，近在咫尺的余瑞根和貝貝的身影就迎面撲來，肚裡的洋酒彷彿一下子變成了六十度高粱。雙穴暈痛得轟轟作響，再也無法入眠了。崔德發遇事總要把它放在興安嶺的那段生活背景中進行思考和比較，那時窮哥兒們圍著爐火大聲侃的，心裡盼的只求有朝一日能過上老婆孩子熱坑頭的日子。可眼前余瑞根到了香港反落到這個地步，禁不住咬牙切齒地想著：我不信窮大陸仔註定就是這樣的命！

播種荊棘的女人

齊莉莉熬過了無數個興奮而緊張的日日夜夜，舞蹈班正式開班了。她不愧是個經過重重篩選才進入芭蕾少校，又經過專家評定跨進芭蕾舞團的尖子。當年芭蕾少校的教材是參照歐洲及蘇聯的著名舞校編排的，加上五十年代中國教壇上那股填鴨式的勤餵硬塞，內容有過之而無不及。所以對莉莉說來，教案是現成的。按過去所學的順序編排就足足有餘了。重點是挑選學生，憑她對舞蹈的那份特殊的感覺，只選中了十五個學員。寧缺不濫，比原定的少收了五個，留待以後補錄。這是蘇有義離港前跟她商定的。對方曾經一再叮嚀：藝術需要天賦，在藝術的課堂裡依靠的不是教鞭，要培養她們從小就對藝術投入一種百折不撓的真情，這些都是金錢無法替代的，選錯了就該勸其退學，把機會讓給別人。這無疑是表達了蘇有義的辦學宗旨。莉莉更是把它視為蘇有義惜別前的贈言。機場分手時，對方還向她展示了努力的方向，一年後，他將出資聯絡香港的舞蹈界舉辦一次兒童芭蕾舞表演賽。希望她的學生能得到好評，用自己的成績叩開香港藝術界的

大門。多麼誘人的前景，幸運女神又一次向她展開了雙臂。她像艘鼓滿風帆駛往幸福彼岸的航船，著魔似的從早忙到晚。上課時，說她是老師，卻更像是這些撲打著嫩翅離地試飛的小天鵝。一旦進入角色，便通體流溢出一股撼人的引力。她逐個糾正學員的動作，並以自己準確而美妙的形體去誘發蘊藏在孩子們心中的藝術之靈。晚上又著迷地研看錄像，這是蘇有義陸續為她寄來的風格各異的現代芭蕾。她篩選出喜歡的片段，對著那面沿壁安置的大鏡，邊看邊跳，暗自跟她們試比高低。她完全陶醉在這個由自己營造的藝術王國裡。開班後幾乎足不出戶，中環的商場和馬路上早已不見她的倩影。

開班初，齊艷芳為了親睹莉莉辦學的虛實，天天跑來幫忙。莉莉當知道母親的用意。因為在辦學前母女倆曾為此引發過一場爭執。豪門夜總會解約後，齊艷芳正想另覓場主，好幾家夜總會的老闆都表示歡迎莉莉去獻藝，朱老闆就是其中之一，並當面向齊艷芳保證酬金決不低於豪門。千方百計來到香港不就是為了錢嗎？所以她堅持要莉莉重返夜總會。沒料到女兒的主意既定，任你說得天花亂墜，一會兒軟哄，一會兒硬逼，都不能動搖莉莉的決心。因為她憧憬的是母親無法理解的崇高的藝術家生涯。由齊艷芳挑起的這場首開先例的爭吵，把莉莉來港後緊擰在心的屈忍沖開了，從此再也不像過去那般唯之是從了。她對母親的幫忙並不表示歡迎，只叫她幹點雜活。齊艷芳自以為舞跳得好，年青時跳紅過濱

江市大半個著名的舞場，來港後也風光過好幾年。但恰恰因為這段背離藝術的伴舞史，莉莉才正顏厲色地不許她染指對孩子的教學，哪怕是一個最基本的動作都不許她插嘴。半個月後，齊艷芳按捺不住內心的焦忿，開始嘮叨了：「莉莉，看你都跳瘋了！一個月總共才收這點學費，這麼沒命的跳，就值這點錢！？」望著女兒不悅的臉色，她把後面的話嚥了下去：在夜總會裡表演幾場就夠這個數了。

「這點錢夠我開支了。」莉莉早猜到母親想說而沒有出口的話。一轉身，雙尖挺立在母親面前：「姆媽，我從來沒有這麼稱心過，到了香港我才真正知道什麼叫奮鬥！」

齊艷芳一個人獨處慣了，她如魚得水般能在燈紅酒綠的花月場中周旋，卻視孩子們的嬉鬧為難忍的負擔，憋著一肚子氣再也不來了。不久，陳經理輾轉託人，物色到一個菲律賓姑娘給莉莉當幫手。一問，還是個剛輟學的聲學系學生，迫於經濟來香港當幫傭的。這個菲律賓姑娘能歌善舞，看到莉莉高超的舞藝，她著迷了，形影不離地拜莉莉為師。莉莉請她教英語，倆人互幫互教，相處融洽，視如姐妹。雖然存在著語言障礙，但通過音樂，通過舞蹈和手勢，就會心領神會地報以燦然的一笑。

電話鈴響了，莉莉一看錶是十時正，知道準是蘇有義打來的越洋電話。分手後，對方每個星期會在同一時間給她打電話，這已

成了不宣而立的默契，拿起話筒，正是蘇有義的聲音：「齊小姐，沒有打擾你吧？」

聽到這個熟悉而親切的開場白，莉莉笑了。她知道蘇有義選擇這個時間來電話，為的是避免影響她的休息：「蘇先生，我早起來了，把今天的課複習了一遍。你在哪兒打的電話？」

「維也納。」

「啊，你又去了歐洲，那裡現在是半夜吧？」

「是的，我特地從漢堡趕到這裡看現代芭蕾舞劇，是個老同學約我來的。等我買到了錄影帶就給你寄去。」

「蘇先生，你好像迷上了芭蕾！」

「是的。只要在歐洲，不論哪個國家有芭蕾演出，我都要趕去觀賞。從認識你開始，我就決心要做個忠實的芭蕾舞觀眾。」

每次通話，莉莉總感到對方真誠而熱切的關懷，她多麼希望跟對方有更多接觸的機會：「蘇先生，你幾時再來香港？」

「會來的，」對方明顯的流露出興奮和嚮往的語氣：「我會尋找機會去香港的。」

「快來吧，快親眼看看，我們的舞蹈班，你會高興的，或許還會讓你吃一驚呢！」

「會的，晚一點見面，好讓我有充分的準備為你的事業大吃一驚。齊小姐，今天正好是開班一百天，你是個勇敢的挑戰者，我天

天都在為你數著日期吶!」

莉莉的心突然一顫,從遙遠的歐洲傳來的分明是帶著鼓勵的鞭策。她的語氣變得嚴肅而深沉了:「蘇先生,對我來說這是最後一次機會了,跳芭蕾的,像我這樣的年齡,再也經不起失敗!」

「你會成功的,陳經理打電話告訴我,你對事業的那種全身心的投入,使他十分感動。他接受我的建議,去了兩次半島飯店。你知道就是那間開在半山上的芭蕾舞校。那位校長經常帶著小學員去半島飯店給客人作表演。陳經理也受好藝術,是個有水準的觀眾,他作過認真的比較,他說那位校長年齡大了,看上去有點力不從心,又是盈利的,學員的來源就受到了限制。他說你有眼力,挑選的學員個個都醒目。齊小姐,你不嫌我囉唆吧?陳經理還在電話裡誇獎說:你像是專為跳芭蕾才降臨到人間來的!」

每次放下話筒,莉莉便陷入誘人的遐想,世上竟有蘇有義這樣善解人意又助人為樂的大老闆,而且給自己撞上了。她彷彿看到幸運之神正朝她揮手走來。這幸運之神漸漸地在她眼裡化成了實實在在的蘇有義的身影。在她心目中,蘇有義是個完全可以信賴的謙謙君子。為了更多的瞭解對方,她曾向陳經理委婉地打聽過他的背景。知道蘇有義所屬的林氏公司,其創始人原是J島華裔的糠業大王,後代接手後發展成礦產、建築、木材、金融和進出口貿易的聯合企業,是J島無人不曉的大富翁。老太爺的兒子成群,有親生

的，也有認領的義子，為的是壯大家族的實力。最後終於盼到了一個千金，蘇有義是林氏家族的乘龍快婿。他在歐洲唸的大學，所以總公司讓他主管歐洲的業務。他為人豪爽，樂於助人，是個眾口誇獎的正人君子。至於蘇有義在商場上以情代謀，屢屢遭人算計的事當然被陳經理略去了。從莉莉住進這層大廈開始，陳經理就覺察到隱藏在莉莉心中的某種不安，為了解除她的疑慮，總以第三者的目光如實地評介他的老闆，而且每次都用同樣的口氣結束雙方的對話：「齊小姐，辦舞蹈班的這點費用，對林氏公司來說算不了什麼，何況蘇先生把它看成是事業的一部分，甚至是特別關注的一部分。我受蘇先生的重託，難免還有想不周全的地方，請別客氣，需要什麼你盡管開口。」

事實是精明能幹的陳經理想得比莉莉還周全，這裡什麼都不缺，現在需要的是努力再努力。功夫不負有心人，舞蹈班的名聲不脛而走，帶著孩子慕名而來要求入學者絡繹不絕，雖然門外早已貼上了暫停招生的告示。不久又驚動了地處半山的那間專為富家女傳授芭蕾的校長。遞過名片後，這位譽滿香港年過四十的舞蹈家，矜持得像個督學，對正在上課的莉莉投出了審視的目光。她要親眼看看，是什麼樣的一個大陸妹，居然有膽在香港建造起自己的芭蕾領地。莉莉發現來者正是年前試探著登門求職，但被其秘書拒之門外的那個校長，一看對方那股居高臨下的目光，本能地引起

了她的反感。但出於對方的年齡和資歷，莉莉還是友善地把她當作芭蕾界的前輩給以接待。同時不卑不亢地回敬了自己的名片，這也是陳經理一手為她操辦的。雖然名片上缺少那排顯赫的桂冠，但她牢記著蘇有義一再提及的要敢於向強者挑戰的鼓勵。而來訪者的目光早就告訴她對方是專程跑來審考大陸妹的舞藝的。莉莉自傲年青而矯健，她是從小在樂聲和芭蕾中長大的。只要樂聲一起，足尖一立，任何顯貴她都視而不見。她叫孩子們站好，有意在來訪者面前作了一個高難度的示範表演。她身輕如絮，動作優美而準確，孩子們看傻了眼。這位經常帶領學生進入五星級飯店表演的校長，她強制不住內心的驚嘆：好一個大陸妹，為了掩飾冒然的造訪，臉上擠出了一絲淡淡的微笑，告辭時，不失教養的說了句祝你成功的話。

　　一天的課程結束後，莉莉的臉上總是洋溢著喜悅的微笑，特別是那位校長的來訪，更使她信心驟增。正當她一步步地伸手摘取勝利之果的時候，陳經理突陪著一位珠光寶氣的貴夫人出現在她的面前，陳經理來前總先打個電話，現在卻露出了一付從未見過的尷尬相，連說話的聲音也有點異樣：「齊小姐，這是蘇太太！」為了向齊莉莉發出某種暗示，他特地補充道：「蘇太太一下飛機就趕來看你。」

　　蘇太太的突然出現，特別是陳經理慌張的臉色，使她預感到將要發生什麼難堪的事，面對這個深受其丈夫恩澤的貴夫人，她恭敬

地迎上前去：「蘇太太，您好！」

蘇太太沒有理睬莉莉的這份熱情，逕自坐在靠窗的沙發上。莉莉再次迎上前去表達對她的敬重之情：「蘇太太，學生們剛走，您早來一會，她們一定會興高采烈的給蘇太太表演個節目。」

蘇太太朝迎面而立的齊莉莉從頭到腳作了一次咄咄逼人的掃描。莉莉的容貌和藝術家的姿韻使她禁不住深深地倒吸了一口氣。特別是那對水靈靈能把男人消融，更使同性者引起百倍妒恨和驚覺的眼睛，使她恨恨地感到自己來晚了，她把這一切都移恨到滴水不漏的陳經理身上：「陳經理，這層樓是經你的手買下的吧？按目前的租價，每月總得兩萬多港幣吧？」

以往蘇太太每年來港兩次，目的是購物和更換時裝。她是林氏產業的繼承人之一，但從不過問業務，別說區區的一層樓面，再大的房產也進不了她的視線。這回來得突然，方向明確，直奔莉莉的舞蹈班。從機場到此的途中，像隻刺蝟般令陳經理畏避三尺。現在又當著莉莉的面發出了冷言冷語的刺戳。陳經理當然聽懂對方的話外音，漲紅著臉，用一種明顯克制的聲音，提醒對方尊重各自的身份：「蘇太太！」

在貴夫人眼裡，才幹出眾的陳經理也只是個僱員而已，商業上的得失她可以置之度外，瞞著她幫丈夫合謀把個歡場女子引進來，這對她是天大的不忠：「陳經理，你早該聽說了吧，我的幾個哥哥

都爭著要到香港來接手，最後都給大哥攔住了。」

蘇太太的無禮外加一身的火藥味，促使莉莉的目光早從敬重轉為驚訝。她怎麼也想像不到蘇有義的太太竟是這麼個模樣，矮胖的身材，托著一個長形的臉，那對陷得過深的眼睛充滿著敵意，心想這大概就是人們常說的醜醜夫人相吧？打出世以來，莉莉就倍嚐了人間的冷暖，每當她展開雙臂奮力向藝術之巔峰攀登時，那攔路的惡魔幾乎同時出現在她的面前。她默默地作好承受來襲者準備。

蘇太太又發話了，可以看出這是個慣於氣指頤使的女人：「陳經理，這裡的事由我來了結，你先下去，在車上等我。」

走經莉莉身旁時，陳經理留下了一臉不安的愧色：「齊小姐，請原諒，我先走了。」

偌大的樓面剩下了三個反差強烈的女人，一個是財大氣粗的富婆，另一個是失去了依傍的嬌女，外加一對躲在內室的門縫裡閃爍著慌慄神色的眼睛，那是菲律賓姑娘連接心靈的兩扇窗戶。剛才陳經理陪著蘇太太駕到時，她就跨著舞步跑進廚房去煮咖啡，當她端著飲具走抵門口時，正是蘇太太怒目圓睜，陳經理愣立一旁的時候，她畏縮著退了回去。不加掩飾的表情是無聲的語言，她看懂了大半，一直躲在門縫裡窺察著。陳經理走後，蘇太太鼓起勇氣想再次認真的端詳一下莉莉的容貌，但一抬眼就像觸到了可怕的威脅物，暗自咒罵著把目光收了回來。這個小姑娘長得像個勾人魂魄的

精靈，難怪自己的丈夫一見如癡，把整層樓面白白的交她使用。什麼芭蕾舞學校，這是障人耳目，想到這裡氣就不打一處來：「你是姓齊吧？」她抖動著肥大的下齶，彷彿把小姐兩字咬碎後吞下了肚裡：「我們林氏公司從不經營娛樂業，陳經理違反了公司的宗旨。這房子馬上就要讓給別人，明天你必須從這裡搬走。」

這就是剛才對陳經理所說的由她來了結嗎？莉莉像從一場白日夢中醒了過來，陳經理走了，她無從瞭解這場突擊的來由，但她有責任維護陳經理免遭對方的傷害，必須說明真相：「蘇太太，蘇先生熱愛藝術，開辦芭蕾舞班完全是出自他的一片好意。」

蘇太太聽到莉莉居然把自己丈夫搬出來，而且飽含著親切的口吻，這簡直是當面向她挑釁。她冷冷地譏諷道：「你跟公司簽下契約嗎？世上哪有白白送人的交易！」

莉莉深深地被刺痛了，這些日子，除了與日俱增的歡悅，偶而也被一種受賜者的地位所困擾。現在正是這種處境迫使她只能用平和的語氣表達內心激烈的感情：「蘇太太，這不是什麼交易，請別誤會，我從沒想過要白用別人的房子。我走，可是我得向學生們作個交待。」

「留下的事公司會出面處理的。」

苦苦經營了半年的藝術王國，眼看它就此毀於一旦，莉莉的眼睛禁不住潮濕了：「好，我今天就搬走。」

「不用那麼急，我說的是明天。」蘇太太擺足了威風，使盡了奚落，好像一下子動了惻隱之心，從提包中取出了支票簿，撕下了原先寫就的兩萬元支票，側目看了下莉莉，心想要買斷這個小妖精跟丈夫的關係，其身份不止這些，她重新開了張三萬元的支票，向莉莉伸出了施賜之手：「香港找個正經的工作並不難。外面早傳說大陸人都窮怕了，這是給你找工作時的補償。」她突然加重了語氣：「蘇先生一向愛惜自己的名聲，你應該聽懂我的意思，收下吧，相信你會守信譽的！」

莉莉被對方的舉止驚呆了，她感到遭受了莫大的淩辱，這個在苦難中誕生的芭蕾舞演員，神經顯得格外敏銳，既自卑又好勝，既脆弱又剛強，她突然挺起了胸，那神態就像當年排練樣板芭蕾時的颯爽英姿，眼看一場猛烈的反擊就要爆發。但她緊緊地咬著嘴唇，感到有股無形的力量強迫她保持沉默。這力量就是躍現在她腦海中的胸襟坦蕩，柔情似水的蘇有義的音容笑貌，她不忍作出絲毫有損於對方的反應。

蘇太太再次攤開了支票簿，一派大富婆的淩人之氣：「怎麼……你嫌，你自己說個數吧。」

莉莉柳眉緊鎖，淚光閃閃地朝蘇太太盯視了足足十幾秒鐘，彷彿要把發生的一切刻進自己的心坎裡，最後在她的眼神裡閃出了一絲稍縱即逝的狡點，忍辱負重地收下了支票。

蘇太太暗自舒了口氣，心想到是大陸妹，軟巴巴的好對付。要緊的是丈夫這一頭。她為自己及時而果斷的行動感到滿意，拎著手袋對這裡的一切不屑一顧地走了。

　　莉莉走進住室收拾衣物時，菲律賓姑娘突然撲向她的懷裡，顫聲說道：「莉莉，我們要分手！？」

　　莉莉緊抱住這個異國姑娘，她無法通過語言表達同是天涯淪落人的感受。

溫馨的小木屋

　　莉莉又回到了母女倆合住的那套陋室。齊艷芳對女兒的遭遇顯得出奇的平靜。被女兒誇讚的那個大好人，她一開始就持懷疑態度，開什麼舞蹈班，跟孩子們蹦蹦跳跳，那是有錢的太太和小姐們幹的事，她們借此消閒並提高自己的身價罷了。莉莉到了香港居然還裝著一腦子窮藝術家的幻想。好，現在一桶冷水總算把她澆醒了，齊艷芳反倒認為是件好事。

　　為了這個舞蹈班，母女倆爆發了第一次衝突，所以莉莉不願把真相告訴母親，輕描淡寫的推說公司急於要把房子騰作他用，只好停辦了。但她無法掩飾內心的痛苦，一旦離開了芭蕾，莉莉就像從碧空中一下子墜落到了地面，她可以忘我地在藝海中遨遊，但在凡俗的世間卻找不到自己的位置。打工手笨，坐寫字間缺乏技能，當公關小姐廣東話遠沒過關。她不禁想起了半山上的那間舞校，出現過上門求職的一閃念，但想到對方傲然俯視的目光，且是心目中挑戰的對象，上門求職形同叩門乞討，她搖著頭放棄了這個自賤的念

頭。

齊艷芳面對雙眉緊鎖，陷入苦惱和徬徨中的女兒，報以少見的溫情脈脈的母愛，整天陪莉莉行街飲茶買靚衫。從莉莉在豪門夜總會藝驚四座的那刻起，她就為女兒勾勒了一幅以藝攀貴的富貴圖。這幅一度變得模糊的畫面現在又清晰地展示在她的眼前。只是經過那次爭執後，齊艷芳變得聰明起來，首先悟到自己錯看了到港時一貧如洗的大陸囡，她不是個言聽計從任人擺佈的孩子，遇事更得用點心計。一次購物回家後，莉莉準備掏還母親的墊款時，齊艷芳的語氣顯得格外的體貼：「別給，姆媽好久沒給你買東西了。莉莉，你回來後還沒露過笑臉，姆媽看了好心疼啊！看你把人都跳瘦了，吃個虧，學次乖，今後什麼都別信，只有錢才是最實在的！」

齊艷芳三句不離錢字，莉莉早聽膩了。錢，錢，何需母親來嘮叨，這裡的一切哪樣不是用錢包裝起來的。她別無選擇，為了掙錢，掙大錢，只有回到夜總會去。莉莉讓母親盡快替她聯繫：「姆媽，明天你就去找朱老闆，他不是說過歡迎我去跳嗎。」

齊艷芳這兩天就等著女兒開這個財源滾滾而來金口，但莉莉真的倒過來求她時，齊艷芳的語氣卻變得悠悠然了：「我才不找他呢。是他自己找上門來的，上個星期剛來過電話，請我上他的海鮮館吃飯，一見面總提到你，誇你一身是藝！他是吃這行飯出身，識人。莉莉，你跟那些挑著行李過閘的大陸妹不一樣，跳芭蕾的人家

都是另眼相看。」她話中有話：「跑娛樂圈的富佬都不是好東西，你得拿點架子，千萬別給他們看透了。」齊艷芳總懷疑莉莉跟那個J島客有著過密的關係，認定辦舞蹈班是上了當，吃了大虧。

「我才看透了呢，領著孩子去飯店表演跟上夜總會賣藝有什麼兩樣？不都是為了錢嗎？」莉莉沒有領會母親的意思，說的是氣話，也為自己的行為尋找依據：「你告訴朱老闆，我把九點到十點的黃金時間賣給他，剩下的再跑兩家夜總會，姆媽，這回我拼著命要去掙錢！」

「都怪你不聽姆媽的話，不辦舞蹈班，早就攢下大把港紙了！」

莉匆匆地整理購回的衣物，塞滿了兩大塑膠袋：「姆媽，我回去一趟，今晚別等我。」

每次踏上回小木屋的路，莉莉的心裡就像打翻了五味瓶。在大廈林立，高樓密佈的香港，這個僅夠棲身，變天時風聲雨聲灌滿兩耳的木屋，稱得上是個家嗎？每當看到小木屋的房頂時，心裡就會湧出一陣莫名的酸楚。來港後，莉莉證實自己的適應性和潛力都遠遠超過丈夫，為了早日實現她移居香港後的騰飛夢，她和瑞根自然的把前後方的位置顛倒了過來。想到把老實淳厚的丈夫圈在一個荒僻的木屋區，心裡像被小蟲咬噍般隱隱作痛。但這間小木屋又是改變自己命運的新的起跑點，它曾帶給莉莉希望、勇氣和溫暖。莉莉就是懷著這種心情回家的。她雙手各拎著一個大塑料袋，在遠離門

口的途中便喘噓噓地放下包喊道：「瑞根！瑞根！」

余瑞根應聲出來時，莉莉嬌聲説道：「累死我了，貝貝呢，貝貝！」

「剛給她洗完澡，正在穿衣服。」瑞根拎起塑膠袋，掂了掂：「跟你説這段路不好走，你又買這麼多東西回來。」

莉莉還未進屋，貝貝高喊著姆媽往外奔，一頭撲進了母親的懷裡。小木屋隨著女主人的到來頓時散發出濃濃的溫馨。貝貝嚷嚷著伸出小手往包裡掏：「姆媽，給貝貝買的嗎？快倒出來呀！」

瑞根阻止道：「貝貝，讓姆媽歇一歇！」

跟貝貝在一起，什麼累都消解了，悦取的笑聲代替了多日的愁容：「你看，姆媽給貝貝買靚衫，還有好吃的。」她首先掏出一大袋蘋果：「看，又紅又大的美國蘋果，爸爸不捨得給貝貝買的。你吃不下一個，去，跟爸爸分著吃。」當貝貝捧著大蘋果朝余瑞根走去時，莉莉突然回想起多年前團裡組織小分隊去山東演出時，她居然揹回了五十斤蘋果，到家時發現肩膀都給壓腫了：「瑞根，你還記得我從山東揹蘋果回家的事嗎？那時貝貝還是個小不點吶！煮成果泥餵她吃的。現在想想真好笑，不就是為了每斤便宜一毛錢嘛！這種倒楣的日子總算過去了。」

瑞根感嘆了一聲，表示記得。當年他工資加獎金每月五十六元，莉莉沒有獎金，每月四十八元。在三十六元萬歲的年頭，是個

令人眼紅的百元戶。有了貝貝，只好精打細算的過日子了。他為了莉莉壓腫的肩心疼了好幾天，幾十個蘋果除了分送親友外，剩下的不是莉莉硬逼著他吃，實在狠不下心啃上一口。那滲滿愛意的果味更是深深的注入了他的記憶裡。他接過貝貝手中的蘋果邊切邊說道：「美國蘋果就是個大，桔子也一樣，就是味不正。」

「瞎說，人家個個一般大，個個光亮，一年到頭有的賣，連哈密瓜都是美國來的。除了荔枝，市場上根本見不到大陸貨，運來了也沒人買。」瑞根的一句話，引起了莉莉滔滔不絕的反駁：「人家幹什麼都講科學，培植水果也一樣，你怎麼老不開竅！」

莉莉說的也是真話，只是倆人的感覺不一樣罷了。余瑞根默默地進廚房忙著幹活去了。莉莉把新購的衣服朝貝貝身上比試著，又叫她換上了新鞋，接著抖出一條毛褲，走進廚房說道：「瑞根，我知道你喜歡這種顏色，跑了幾家店才看中的。」她未等瑞根開口就喲的發出了一聲驚喜的叫聲：「這廚房怎麼變大了！每次回來家裡就變個樣，瑞根，你真會過日子！」

瑞根正在搓洗貝貝換下的衣服，回答道：「那回幫鄰居修屋剩下一點木料，他們不要了。林伯幫我一起把廚房朝外移了點，反正這裡的地皮不收錢。警察來的時候總先找林伯問話。」

提到林伯，莉莉便流露出發自內心的一種少見的崇敬。母親為她們買下這間木屋時，早已搬走的老住戶要價兩萬五，虧得有

林伯出面，就這麼幾句話：「搬咗新屋，發啦，人家剛從大陸出來，我看兩萬港紙得囉。」林伯儼然是木屋區裡一鎚定音的長老，一下子讓他們少付了五千元。這事莉莉總記在心頭：「瑞根，我買了瓶最好的陳年黃酒，路上還特地買了乳豬，都是林伯愛吃的。你沒忘吧，那回他在我們家吃飯，家裡沒酒，他把大半瓶燒菜黃酒全喝了，還說第一次喝到這麼好上口的酒。瑞根，你把衣服放下，一會兒讓我來洗，你先去跟林伯打個招呼，等會請他過來一起吃飯。」

瑞根走後，莉莉把衣物往櫥裡放時，發現幾個月前給瑞根買回的幾件襯衣原封不動地壓在櫥底，拉開抽屜時看到了幾封來自濱江市的信，其中一封是瑞根廠的車間主任寄來的。說是最近大陸提倡開放，廠裡變化很大，因為技術力量強，上級批准廠方可找外商搞加工出口的業務。書記和廠長早脫下灰布衫，換上西裝出國去了。接著是一通牢騷，說他到時又得軋扁頭了。車間裡那幫小爺叔，本來就是出工不出力。現在兩眼瞪得鼓鼓的，搞對外加工，工資還不及外面的一個零頭，更別指望他們認真幹活了。打瑞根一走，他這個主任喊啞了喉嚨，跑斷了腿，打躬作揖，才勉強完成任務。並說不久前看到一篇報導，有個歸僑教師移民去港，親友救急不救窮，他除了教書別無它長，所持的大陸文憑人家不認帳，只好胼手胝足當了三個月打工仔，最後熬不下去，委曲得哭腫了眼回來了，看了令人好心酸。都說外面的世界特精彩，到底怎麼樣？發了財快報個

訊，大夥都惦記得很。實在熬不下去還是回來吃大鍋飯吧。莉莉沒把信看完，瑞根就進屋了。她不快地問道：「你跟廠裡去信啦？說了些什麼？」

瑞根看見莉莉手中捏著的信，全明白了：「我叫車間主任幫我寄幾本電工方面的書。」

「要它做啥？」

「上個月我去一家電器廠打零工，幹完活老闆要看我的證書，想留我當正式工，說幹電工活得有考試合格的證書。這裡幹什麼都有章法，電工活難不倒我，有機會，我也去考一考。」

「瑞根，我說過多少遍了，你先把貝貝帶好，別老想著打工。打工發不了財，這裡一提打工仔，人家正臉都不朝你望一眼。」

「打工仔怎麼啦，我跟他們在一起心裡踏實。」

「沒出息，回大陸你就更踏實啦！告訴你，我是鐵了心，要在這裡揚眉吐氣的做個人！」

類似的對峙，來港後夫妻間已發生了多次，最後總是以瑞根的沉默告終。他進廚房幹活去了。

林伯領著剛上小學的孫子進門了。他們的來到改變了小木屋的氣氛：「囝，返來啦，阿強，快叫姑！」

莉莉歡聲迎了上去：「林伯，這是老仁的孩子吧？」

「今天禮拜六，我把他帶回祖屋住一天。」

「伯母呢？」

「這個月她住老大家，一年到頭輪著轉，有福不享，做牛做馬的命！」林伯悠然自得地說道：「囡，你看林伯住在這裡歎世界，活得多開心！」

「林伯，」瑞根在廚房插話道：「聽說這裡也要拆房造高樓？」

莉莉眼睛一亮：「那我們可以搬進政府屋囉！」

「講講罷了，沒有那麼快。」林伯的態度截然不同，「幾十戶人家一走散，碰面就難囉。等我歎夠了世界再分啦。」

正在切菜的瑞根深被林伯的感情打動，早聽林伯說，他住的那幢寬敞的磚瓦屋是他爺爺手裡建造的。這裡是林伯的根，就像濱江市的老家一樣，走到哪裡總在他心中縈繞。

貝貝跟林伯的孫子正在玩電動玩具，她說的是一口純正的廣東話。莉莉驚喜地誇讚道：「林伯，你看貝貝的廣東話學得好快啊！」

「天天上幼兒園，跟小孩子一起，學得當然快啦。我這幾句普通話，還是唸中學的時候一個東北老師教的。抗戰時他去了重慶，還常給我們來信，這樣的好老師，現在見不到囉！你問問阿強，」他指指小孫子：「他們的老師一打鈴就走人。」

開飯了，林伯呷著莉莉帶回來的陳年黃酒，連聲叫好，突然側著臉關注地望著莉莉：「囡，你瘦了，根仔說你在教小孩跳舞，好費心吧？收入多不多？」

如何回答這個問題，莉莉心中早有準備，主要是針對瑞根的。她不敢透露實情，特別是上夜總會賣藝的事更不能讓思想保守脾性古板的瑞根知道：「我從小學芭蕾，離了它什麼也不會，教得好開心，比打工要掙得多。」

　　「我知，根仔說你在大陸就有名氣。到了香港能搵返本行就稱心得多，苦它幾年總會出頭的。」

　　說到跳舞，貝貝驀地從凳上跳了下來：「公公，我跳給你看看。」她抑脖轉體跳了起來，彷彿渾身活躍著母親的遺傳因數，處處顯示出強烈的表現欲。

　　林伯樂呵呵地誇讚道：「叻！叻！貝貝叻！」

　　見到貝貝的舞步，莉莉雙腳禁不住跟著微微彈動起來，她起身糾正著貝貝的姿勢：「貝貝，頭別抬得太高，你看姆媽怎麼跳。」莉莉哼著音藥，拉著貝貝的手即興旋轉了幾圈，然後朝雙目睜得渾圓的阿強說道：「阿強，將來姑也教你跳舞。林伯，在香港還真找不到一個像樣的男舞蹈演員哩！」

　　林伯有喝有說有看，其情融融，這是他在木屋區裡迎來的第一家形同親人的大陸客。當他微醉地領著孫子回屋時，心裡喜滋滋地一再咕嚕著：這才叫歡世界！

　　林伯走後，莉莉忙著收拾桌子，貝貝嚷著要睡覺，瑞根勸阻道：「讓我來，你難得回家，多跟貝貝親親。」瑞根收拾好桌子，洗好

碗碟，把鍋物等收整完畢從廚房出來時，看見母女倆已在床上入睡了。剛才還聽到貝貝的嘻笑聲，現在小臉貼在母親的臂彎裡，一手緊抱著母親的脖子，這樣的睡姿他已好久沒有看到了。他似乎還聽到了莉莉輕微的甜鼾，眼睛突然潤濕了，這些日子肯定把小齊累苦了。他不忍驚動她們，躡手躡腳地在床旁舖下了蓆子，不露一絲聲響地在地板上躺了下來。

重返夜總會

　　莉莉經歷了風靡豪門的表演後，被迫轉到朱老闆的夜總會，就像貴夫人走進了大雜院。這裡沒有轎車長驅直入地駛上鋪著紅地毯的長長的通道，這裡沒有玻璃包廂，沒有風姿各異，雅俗任選的妙齡女郎，大都屬於描眉畫眼讓人摸不透虛實的應召女。這裡更沒有高水準的樂隊，當然引不來一擲萬金的豪紳，也就營造不出豪門夜總會裡那種高雅的氛圍。

　　朱老闆對莉莉思之如渴，盼了半年終於事成，得意之狀就像覓得了傾城之寶。除了支付高舞酬外，又讓她分享小費的分成，外加每晚都在他的海鮮館恭請母女倆用餐，然後同車驅往夜總會。他深諳不同階層的心理，光顧他夜總會的是三教九流，那批學生仔，未來的紳士們決不敢結伴來曝光。不出所料，莉莉登場月餘，夜夜爆滿，但從未出現過佔座的學生仔。倒是引來了那個放一槍換一個地方的大陸仔。經過是這樣的，眼觀四路，耳聽八方的崔德發走過這裡時，眼前突然一亮，發現嘎然而止的奔馳車裡先後走出了莉莉

母女倆人，正欲趨去招呼，又走出了一個步履蹣跚，喝得半醉的老頭，這個機靈鬼馬上來個急轉身，移到轉角處窺察著她們走進了夜總會。這一發現真是非同小可，想到余瑞根在家中被顛倒的位置，聯想到那幅畫，他對莉莉的行跡愈發感到神秘莫測了。瑞根說她忙著教舞蹈，怎麼陪著那個陌生老頭教到夜總會裡去了。他想跟進去探個究竟，但看著自己這身打扮又縮了回來。雖然這是家不著名的夜總會，門口也夠氣派的，進出者雖不是個個以車代步，但都衣著入時，容光煥發。猶豫片刻後，他一挺胸，認為不替余瑞根探個明白就對不起朋友，整了整衣裝，摸了下袋裡的錢包，昂首走了進去。這時臺上的女歌手正在沙聲吟唱。人未落座，就暗自驚嘆：好家伙，比茶樓的人還多，香港佬真會享受人生啊！他開始在人群中搜尋莉莉的蹤影，燈光雖然幽暗，他又位處偏遠的角落，但自信經他雙目掃過決無閃漏。奇怪，三個好醒目的人怎麼一個也沒見到？詫異之際，幾道光束突然交識到一起，身著紗裙的莉莉翩然出現舞池中，人們一個個伸長脖子，那一雙雙眼睛就像一盞盞聚光燈，緊附在莉莉身上。崔德發禁不住朝前擠動了幾步。啊，這不就是小齊嗎？他差些叫出聲來，緊接著便張口結舌的看得發呆了。他不懂什麼芭蕾，只覺得美，美極了，美得可以壓倒所有的港女。

　　一曲終了，莉莉沿著前座繞場退去。崔德發依然陶醉在從未享受過的意境中。這時鄰座的兩個年青人卻互訴著失望的心聲：「這

是從哪兒請來的樂隊？老跑調。」

另一個婉惜地搖著頭：「在這種地方表演，莉莉再也跳不出原來的水準囉！」

崔德發朝他們瞪了一眼，心裡罵著：媽的，你們算老幾，嘴上沒毛還冒充行家。沒想到另一桌上竟傳來了更為刺耳的聲音：「大陸真有靚妹！聽說老闆天天圍著她轉。」

「這是撮大錢的料，大陸妹一到香港身價就猛漲！」

崔德發充滿敵意地向他們掃了一眼，恨不得一個個把他們當場按倒。這時全場又騷動了，迎著音樂，莉莉突然以另一番姿態出現在觀眾眼前，她身穿緊身衣，袒露著優美而清晰的線條，令人怦然心動地跳起了熱情而充滿活力的現代芭蕾。崔德發又看得發呆了，心裡驚嘆著：了不起！小齊還真不簡單啊！這一夜，他花了三百港幣大開了眼界，又買回了一肚子的狐疑和忿懣，難道小齊真的是明跳暗挑的在賺大錢？難道瑞根真的被蒙在鼓裡？出於對朋友的忠誠，他決心要探明莉莉的真相。連續兩天他都提前來到對面的拐角處，跟昨晚一樣，準九點那輛奔馳車又載著莉莉等三人出現在他眼中。還是那個半醉的老頭，陪著她們走進夜總會的大門。從門衛那副卑恭的樣子，崔德發判定對方準是夜總會的老闆，如此體貼，居心何在，還用猜嗎？他拔腿奔向地鐵站，連夜敲開了余瑞根的木屋。

余瑞根正在埋頭修理一台被丟棄的空調機，是從打零工的廠裡搬回來的，零件散放了一地。從他懂事開始，爺爺就在飯桌上教誨後代學好手藝的一整套家訓。至今他還記得爺爺那句逢人便誇的口頭禪：洋人的機器，中國人的手藝。他爺爺就是花旗汽車行裡雇用的第一批機修工。腦勤手巧，到他手裡沒有排除不了的故障。他的舅公是濱江灘上的第一把焊槍手，他父親又是出現在濱江上的第一艘「藥水船」的大車，這是艘專門接送洋大班出巡的內燃機快艇，使用的是當時名貴的汽油，所以工人們讚其為「藥水船」。余瑞根自己唸完技校進廠後，從掄大錘開始，幾年功夫就成了全廠最年青的五級技工。夥伴們經常當眾拿他開心，說是天上有全天候飛機，我廠有全能技工，可見余瑞根出眾的技能。但他並不看重什麼幾級工，看重的是自己掌握著愈來愈多的技能。當他排除了別人宣告無法起動的機器的故障，當他車出一件高精度的零件時，內心的歡愉決不亞於莉莉表演後笑迎如雷的掌聲。現在這台空調機，他已搗弄三個晚上，眼看就要在自己的手中啟動了。到時這間小木屋就將帶來爽人的涼風，貝貝就會睡得更香更甜了。他正忙著收尾，邊幹邊等崔德發開口。以往這個想來就到，想走就沒影的浪蕩漢，一見面總是滔滔不絕地倒出一長串令人驚嘆的新招和聽聞，這回卻像個破案的警探，默默地走踱著，想從這間熟悉的小木屋裡嗅出點什麼特殊的味道，想從主人的臉上看出點隱秘。別看他大大咧咧的像個

莽撞漢，遇上這種事他卻心細如針，沉默了許久才問道：「這幾天小齊回來過嗎？」

「上星期剛回來過。」

「她還在教跳舞？」

「是啊！她說別看香港這麼洋氣，能跳好芭蕾的還真沒見過。有錢人家的子女，誰肯吃苦一練二十年！」

「瑞根，你問過小齊在哪兒教跳舞嗎？你怎麼不去看看。」

提到莉莉，余瑞根總是掩飾不住內心的歉疚：「什麼活都難不倒我，小齊的事我卻一點也幫不上。」

崔德發自認摸到了對方的底，他怕驚醒熟睡的貝貝，一把將余瑞根拉到門外，一副抱打不平的架勢：「瑞根，你算是白到香港來了！別人一到香港，兩眼就睜開啦，心就變啦！」

「人生地不熟的，暫且這麼過吧。」余瑞根沒有聽出對方的言外之音：「等貝貝長大些，我就去打長工。」

「我看你是中了小齊的定身術！釘在這裡聽她擺佈囉！」

「你說到哪兒去了，」余瑞根發現對方的神態有點異樣，反以兄長的口吻問道：「這麼晚來找我有事？」

「當然有事，聽了叫你跳腳的大事！告訴你，小齊瞞著你天天在夜總會裡賣藝！」

「夜總會！小齊去夜總會！……」

在兩個大陸仔眼裡，去夜總會賣藝，等同於出賣色相的同義詞。

「阿根，你說說，那是正經女人去的地方嗎？！」

「你怎麼知道的？」余瑞根的聲音突然變得顫抖了：「德發，這種事你可開不得玩笑！」

「我親眼看到的，在香港我把你當哥倆看待，才連夜趕來給你報訊。」

出乎崔德發的意料之外，余瑞根非但沒有跳腳，竟像座鐵鑄的立像，一言不發地凝注著山下的一片燈海。他的木訥反把崔德發激怒了：「阿根，我看你腦子裡缺了好幾根弦啊！把男人蒙在鼓裡的女人，你手軟不得。」他代對方作主道：「明晚八點半，在金鐘地鐵站門口蹺頭，帶你去親眼看一看，你就全明白了。今晚你好好謀算一下，到時拿點顏色給她們看看！」崔德發知道對方不諳地形，叮囑他到時千萬別走開。

那個敢為朋友兩肋插刀的報訊者已經遠去。余瑞根陷入了深思。謀算，丈夫謀算妻子，小齊遭受的謀算還少嗎？從她呱呱墜地時就遭人謀算了。余瑞根一下子把時間推回到文化大革命的年代。工人階級必須聽從領導一切的最高指示一聲令下，他就被選派為工宣團員，打著佔領上層建築的旗幟進駐芭蕾舞團。進駐前，芭蕾舞團早被紅衛兵和各路造反派佔領過，砸得門窗殘缺，花木凋零，

下水道淤塞，污物四溢。面對這座洗劫過的藝術宮殿，來自各廠的隊員們個個雄糾糾氣昂昂地要在這裡一顯身手。當天隊領導頒布了第一號通告，內容是根據上級特准，除樣板團外，本團立即趕排樣板舞，不許出現一丁點走樣，保證迎國慶時公開演出。於是沉寂了多年的練功房和排練廳裡樂聲又起。當姑娘們穿著緊身服，展露著迷人的線條排練時，隊員們挎著統一分發的紅背包，包裡放著小紅書，爭相搶佔有利地形，個個看得口乾舌燥，兩眼大放異采。唯獨自己像個誤入陣地的新兵。他生性腼腆，平素見到姑娘就顯得體笨口拙。何況當時不是身處劇場，而是近在咫尺面對面地觀賞異性扭動肢體，他羞紅著臉像逃兵般悄悄退了出去。他不懂藝術，但對它充滿敬慕，認為只有天才方能登上這藝術之殿。若用貪婪的目光盯視她們，這是對藝術和大才的褻瀆。從此凡在排練時間，他不是趕去伙房幫廚，就是疏通下水道和修整門窗。在風姿萬千的姑娘們眼裡，他老實得像個阿鄉。就在樓房和庭園修整得稍稍像個樣子的時候，大院內風雲突變，一覺醒來，大廳裡掛滿了大字報，火力噴向扮演主角的齊迎春，揭批她孤兒是假，實為資本家的私生女，她血管裡流淌的是資產階級的血液。其生母在海外過著姨太太的糜爛生活。這簡直是條爆炸性的新聞，一向被公認為出身好舞藝出眾的齊迎春，在人們眼裡傾刻被拋下了深淵。工宣隊藉此召開隊員大會，頭頭宣佈內容屬實後馬上作出了換人的決定。這種真假摻半拋

檔案，揭隱私的慣技早就遍佈神州大地，並不新鮮。令隊員們奇怪的是，為何遲至彩排前夕才發出突擊。全場都啞了。平素被人譏為只顧埋頭拉車不知抬頭看路的余瑞根竟一反常態。他被胸中湧起的一陣難以言狀的不平所驅使，向頭頭接連提出了好幾個無法自解的問題：她不是在孤兒院中長大的嗎？為什麼反過來要她向遺棄自己的父母負責？這講的是哪一家的道理？這麼多的大字報怎麼不留下一個真名實姓？工宣隊為什麼眼睜睜的讓人謀算一個身世不幸的演員？

　　頭頭回答他的是一副鐵青的臉色。第二天余瑞根奉令召回了工廠。幾天後齊迎春突然找下門，余瑞根先是一陣驚愕，接著用苦澀的微笑把她迎進了屋，他為自己無力保護對方免遭傷害而感到愧疚。這是他們間的第一次接觸，至今對方的每一個細小的動作和言語都鐫刻在心中。她大方而真誠，一見面就把心掏了出來：「余師傅，這回我全清楚了，要把我換下來的是市裡掌管文藝的那個新貴，他想打我的主意。這號人見得多了，沒門！拋檔案是靠邊的書記出的主意。今天工宣隊宣佈把她從牛鬼隊裡解放了出來。還倒打老院長一把，說她選了黑苗子。余師傅，這回我成了真正的孤兒了。可我心裡反覺得自由了，把我換下來更好，這些年說的、唱的、演的跟他們幹的全不一樣，誰演這種戲，不是登臺去當騙子嗎？」余瑞根當時聽得心裡直發怵，想不到比自己小好幾歲的姑娘

竟有這樣的認識，他感到有責任給以勸阻：「小齊，在團裡可千萬說不得，要惹事的！」

「知道，可憋在心裡太難受了，我只對你一個人說。」

從此齊迎春不辭辛勞地經常轉車擺渡跑來看望余瑞根。數月後，她突然告訴余瑞根：「余師傅，我要結婚了。」

「結婚，幾時？恭喜！恭喜！」

「你怎麼不問我跟誰結婚？」

「跟團裡的同事？」

「不，瑞根師傅，我要跟你結婚！」

「小齊，這樣的玩笑可開不得！」

「哈哈，看你怕得這副樣子，你聽說過有這麼開玩笑的姑娘嗎？」

「這……這……」

「你嫌我出身不好？」

「不，不……」

「看你傻的，你就看不出我喜歡你，你心好，技術好，有正義感，跟你過日子我心裡踏實。」

結婚那天，被視為下只角的這條街巷，人頭攢動，人們奔相走告：「快去看啊，瑞根家飛來了跳芭蕾的鳳凰！」

余瑞根雙腿顫抖地站在屋前，任憑回憶的浪潮一個接一個地在

腦海中翻湧。五年過去了，如今他們生活在另一個世界裡。他發現從小齊改名莉莉的那天開始，從她閃耀著異樣光澤的雙眸中，流露出滿懷激情又信心十足地進入了另一個角色。她去學車衣，掙不到別人的半數，老闆卻看中她願出雙倍車衣工的月薪改當自己的什麼秘書，但她不願掙這份工不抵值的錢，因為看到老闆那對黃中透邪的眼神就噁心。小齊總是無話不說，敞開心扉對待自己。

當小齊雀躍著告訴他開班授舞時的那份堅定的信念和自負，誰見了都會為她慶幸。這情景至今還活靈靈的在他眼前閃耀，難道這是假的。余瑞根禁不住一再反問著自己：有這樣在丈夫前作假的女人嗎？過閘剛滿一年，小齊就把家庭棄之腦後，自甘墮落到去夜總會出賣色相。為什麼？到底為什麼？余瑞根激忿得全身搖晃起來，他決不能接受這個現實。

回頭路

　　崔德發整天兜售「虎鞭」，使用的都是威力如神，引人上鉤的語言，腦子裡塞滿了兩性間的肉慾之念，但他自己過剩的精力無處渲洩。找港妞，就像望著天空摘星星，來港後還沒粘過女人的腥味。每當華燈初上，仕女們各奔歡場時，成了他最難打發的時光。隨著錢包的逐漸鼓起，最近常到紅燈區遛逛，餓狼似的逐間盯著賣主掛在門前的裸體照，從好奇到神往，不禁跟把門的搭起話來：「怎麼不標個價錢？」

　　滿臉橫肉的門工瞟了健壯如熊的崔德發一眼：「打工仔，加倍囉。」

　　奇了，崔德發不滿地問道：「為什麼加倍？打工仔的錢好搵！」

　　「喔！大陸仔。」對方揮手就趕道：「行遠點！」

　　崔德發沒想到搭話惹來了一肚子氣，這裡不是認錢不認人嗎？打工仔怎麼啦？大陸仔的袋裡也裝著港幣。按他的脾氣，非從這

個驃漢口中掏出個究竟不可，但一看錶八點早過了，連忙拔腳趕往地鐵站。發現余瑞根早已愣立在醒目處等候了。他一照面就責怪道：「阿根，你怎麼就變不過來，老遠一看，大陸仔的戀相你全佔了！我說阿根，你給標兵加模範給害苦囉。」他望著神情恍惚的余瑞根：「你肯定一夜沒睡，是怎麼謀算的，快說說，讓我心裡有個底。」

余瑞根緊抿著咀，像根木頭般毫無反應。滿臉閃露著俠義和邪氣的崔德發急了：「你怎麼啦，想了一夜還沒拿定主意嗎？！馬上就見分曉啦，阿根，我倒是給你謀算好了。到時她們一露面，我們就給他來個措手不及，一把揪住那個老頭。你把身份亮出來，然後放了他。過幾天再打上門去，狠狠的敲他一筆。要吃準闊佬的心理，人要臉樹要皮，諒他不敢動用手下的爛仔，咱們倆個光蛋大陸仔，還怕鎮不住一個闊佬！」崔德發得意洋洋地邊說邊領著余瑞根走上了坡道，拐往夜總會方向時，那輛熟悉的奔馳正巧一閃而過。崔德發比當事者還急迫地邁開大步：「快，她們準在車上！」

余瑞根的心像被重錘猛擊了一下，發出陣陣痛楚。他已經考慮了一整夜，明知此行形同前往愛情的刑場，但他必須親臨其境才有權作出自己的抉擇。

奔馳車距他們百米之遙的夜總會前停了下來，莉莉和她的母親前後下了車，隨後出來的是喝得過量的朱老闆，一個跟蹌險些歪身

倒下，母女倆迅即左右相挽，扶著對方朝門口走去。崔德發認為這是鐵證如山的場面：「上！」他一把拉住駐足怔立的余瑞根朝前奔去。想不到反被余瑞根一把攫住，那驚人的腕力像把鐵鉗，使他動彈不得。崔德發瞪視著對方雷霆萬鈞又茫然若失的臉色，跺腳罵道：「你還是個男子漢嗎？！你丟盡了大陸仔的臉！放手，我算白交了一個窩囊廢！」

崔德發忿忿然地拂袖而去，這個莽撞漢的行動總是大大超前於思維，跟迎面的路人險些撞了個滿懷後，突然又折了回來：「阿根，你放明白些，老實在這裡不賣錢。那個老太婆不是個東西，不能讓小齊白白的飛了！你懂我的意思嗎？要我幫忙開個口，隨叫隨到！」

歸途中，余瑞根的腳步愈走愈沉重，他在沿街的排檔前坐了下來，破例要了瓶酒，他需要抑制一下內心的劇痛和洶湧而來的思緒。他從未被人像崔德發那麼痛罵過。是的，剛才他實在沒有勇氣也不忍當面揭露妻子的隱私，這麼做等於是當眾踐踏了他們間連為一體的尊嚴，雖然這種尊嚴在剛才露面的刹那就被粉碎了。排檔上陸續坐下了食客。余瑞根轉身避開了他們的視線，望著這座燦爛的不夜城，突然感到自己原來是個迷途的跋涉者。回顧來港至今跟小齊就處處表現出強烈的反差。對方是懷著如歌的嚮往投進它的懷抱的，並且千方百計地力圖融匯到這個五光十色的世界中去。而自己

呢，來港一年多，只逛過兩回繁華的商業大街，而且在小齊的慫恿和摧逼下成行的。小齊感到這是一種悅目的享受，她顧盼生姿，儀態萬千，為這五色繽紛的街景增添了一份光輝。自己呢，面對那些進出茶樓的食客，擠購百貨的人流，就會自慚形穢地感到是寄人籬下遊子，他為無力滿足小齊如孩子般驚羨的欲望而自責。在他心裡，美麗如畫的香港彷彿不在腳下，而是遠在天涯，只有呆在木屋區他才能暫時恢復內心的平衡和寧靜。現在的木屋區也開始變形了，那間小小的木屋成了他心目中的囚籠。他想起了濱江的老家，爺爺手裡建造的那幢兩層樓的石庫門房子，曾經鶴立雞群般成了鄰里辨別方向的標誌。他的祖輩都是濱江灘上數得過來的洋人眼中的能工巧匠。想不到近半個世紀後，他們的後代來到洋人管轄的香港，竟一籌莫展地憋在木屋區裡打散工，成了人們眼中最沒出息的窮大陸仔。為了實現小齊的抱負，這一切他都默默地忍受了，但換來的卻是屈辱，無處洗刷的屈辱。他坐不住了，起身回家時，兩腿發軟，腦子轟轟作響。他敲開鄰居的門，鄰居第一次見他這麼晚回來，而且喝得滿臉通紅。驚喜地問道：「阿根，遇上喜事啦，頭回見你喝得滿臉紅光的回來！」

余瑞根是接女兒回家的，面對熱誠待己的鄰居一句話也答不上來。主人阻攔道：「別弄醒她，讓貝貝睡在這裡吧。」

余瑞根深恐貝貝丟失似的，走去把貝貝緊緊抱在懷裡，貝貝

驚醒後發出了高聲的喊叫，嚷叫聲中伴著余瑞根疚痛的哄聲：「是爸爸，貝貝，爸爸抱你回家去。」

這一夜余瑞根是在似睡似醒的恍惚中渡過的。令他倍感痛苦的是，腦海中總是反複浮現出那個歡顫的新婚之夜：他望著燈下的小齊懷疑自己是在夢中，小齊站在床沿卸下衣衫，露出了嫩白的近似透明的肢體，那健美的彈性般起伏的線條令他心搖神迷，但卻怯怯地不敢前去撥動那新婚之夜的情弦。在熾熱的期待中，最後還是小齊發出了嬌聲的挑逗：「瑞根，你說我長得美不美？說呀，看你傻的⋯⋯」她伸出雙臂把丈夫擁進了懷裡⋯⋯

回憶，余瑞根一整夜都無法關上這扇回憶的閘門，深深地陷入了曾經是溫馨如蜜，如今洶濤突起的愛河的漩渦裡。數日後像個掙扎上岸的溺水者，疲憊不堪地來到了林伯的屋裡。林伯剛從兒子家回來，數日不見，發現余瑞根的臉小了一圈，驚問道：「生病啦？」

余瑞根搖了搖頭。林伯想起了上星期談及的事，有家塑膠廠願出四千月薪雇用余瑞根，超出普通工的近倍，老闆是林伯的朋友，託他帶個口訊，林伯認為是個好機會：「根仔，塑膠廠的事你同意了？」

余瑞根還是搖著頭，沉默許久才結巴地說道：「林伯，有件事拜託你，」他從袋裡取出了一個大信封：「林伯，我要回大陸。」

「回去探親？」

「我決定帶貝貝回大陸。」

林伯未能聽懂對方确切的意思：「跟莉莉說好了？」

「沒有。」余瑞根雙手把信封遞向林伯：「小齊來的時候，拜託你把信交給她。」

林伯望著對方微微顫抖的手，突然意識到了問題的嚴重性：「為什麼，根仔，出了什麼事？」

余瑞根的目光堅定而懇切：「林伯，拜託你了。」

林伯沒有接下信封：「跟莉莉吵架啦？」他望著蕭然木立的余瑞根，心裡湧上了一陣難言的愧痛。關於莉莉在夜總會賣藝的事，林伯不久前剛從鄰居口中聽說過，對這個男人主內，妻子主外難見其倩影的家庭，左鄰右舍對莉莉早有閑言碎語，凡被林伯聽到的，他都要當面加以阻止。

儘管大家的心都偏向於耿直的余瑞根。林伯是土生土長的香港人，歡場上的事聽得多了，那裡佈滿了金錢鋪設的陷阱。他多次想給余瑞根暗示，錢要掙，但希望莉莉出於污泥而不染。每次話到咀邊，怕傷害對方又縮了回去。現在從余瑞根這個不同尋常的行動中可以看出，準是發生了什麼難以彌合的裂痕。出於長者的關懷，他委婉地勸說道：「根仔，你再好好想一想，聽林伯的話，把貝貝託給鄰居帶，你打份長工，熬它幾年準會變樣的。」

「明天我搭頭班車去羅湖，」余瑞根沒有一絲猶豫：「林伯，多

多拜託了。」

這個平素謙和得近似怕事的大陸仔，今天在林伯眼中完全變了樣，他接過厚厚的信封，向瑞根投出了詢問的目光。

「還有點錢留給小齊。」

「幾多？」

「一萬一。」

林伯愈發感到這封信的重量：「根仔，攢下這點錢不容易啊！該給自己留下點。」

「回去我就上班，林伯，你老人家放心，大陸過日子比這裡簡單。」

他們對視著，心裡有著不少話想訴說，林伯把千言萬語化成一聲長長的嘆息：「根仔，林伯不捨得你走啊！」

璀璨的晨星孤懸在天際，這是香港最寧靜的時刻。為了避開鄰居的耳目，為了避免一場跟小齊面對面的難堪的對峙，余瑞根披著晨光，抱著貝貝悄悄的走出了小木屋。他在屋前愕然停留了片刻，小齊的音容反覆在他眼中映現，同時花了他幾天幾夜，不，是凝結了幾年的血肉之情寫就的信，也逐字逐句在心中迴響：小齊，我是打工仔的命，這輩子沒法讓你過上好日子，你才瞞著我去夜總會賣藝！到了香港，我就預感到遲早會分手的，為了不拖累你，我帶貝貝回大陸了。這幾年你跟我吃了不少苦，我對不起你，我會把這

一切回報給貝貝，好好把她帶大的……余瑞根轉身離去時，一再為自己的行為排解，要分手還是這樣不告而別的好。他得搶先把貝貝帶離這前景莫測的地方。下坡前，他無限惆悵地向那排高低錯落的木屋投出了最後一瞥，他接受過每一家主人的關照，每一間木屋裡也都留下過他的足跡。多謝了，希望你們快快發家，他默默地祝願著。最後他的目光深情地落到林伯的那間磚房上。這位木屋區的長老，是他帶回大陸的最美好的回憶。林伯，我走了，請多多保重。他在心裡喃喃著，往坡下的巴士站走去。

余瑞根來到紅磡車站時，這裡早已摩肩接踵人聲鼎沸，大陸的南大門開放二年了，探親熱竟愈演愈烈，這條唯一的陸路通道上天天人流如潮，個個肩扛、手提、背馱，外加牽著帶輪子的大箱子。這跟僅僅背了只帶輪大挎包的余瑞根形成了強烈的反差。佔據他整個心靈的是緊抱在手腕裡的貝貝，現在他只有一個念頭，快快返回大陸去，那裡有他的老家和一呼就應的朋友。老家才是貝貝最安全的地方。其它的一切都是無關緊要的。擠往車廂的途中，林伯突然揮手向他走來：「根仔！根仔！」

聽到林伯的喊聲，余瑞根一怔：「林伯，說好別送的，你怎麼來了？」

「怕你攔阻，我趕早來了，你只告訴我一個人，不送鄰居會責怪我的。」林伯從袋裡取出一個紅紙包，塞進貝貝的小手：「阿公

給，路上買點好吃的。」同時向余瑞根作了個不容推卻的手勢。

余瑞根感到有股暖流在胸中淌過，他的眼圈發紅了：「貝貝，快謝謝阿公！讓阿公親親。」

貝貝把小臉伸了過去，林伯朝她臉頰上親了親：「貝貝，阿公做夢也會想你的。」他轉向余瑞根：「人多，過閘時當心別擠了貝貝。」林伯邊叮嚀邊感嘆：「從小我就聽阿爸說過，只要世道有變，這裡就人頭湧湧。多少代人在這裡湧進湧出啊！這是條走不盡的討債路！」

列車起動了。出門至今，貝貝始終被護在父親的臂腕裡，父女倆像座移動的聯體。車廂裡有人擺弄起錄放機，這是大陸人夢寐以求的時髦玩意，它正在播放著歡快的樂曲。貝貝掙脫了父親的手腕，那白嫩的小腿已被摟出了深深的印痕。她鬆鬆身子，驀地隨著樂聲擺起頭，扭著腰跳起了舞蹈。旅客們立即為這個迷人的小精靈騰出了一個圓圈，鼓掌誇讚道：「叻，好叻！」

貝貝就像置身於幼兒園的小舞臺上，跳得認真而自如，在誇讚聲中表情顯得生動而逗人喜愛。余瑞根呆坐在一旁，彷彿從惡夢中突然驚醒似的發出了一聲怪異的叫喊：「別跳，別跳！」他一把將貝貝抱了起來。

貝貝蹬著小腿掙紮著：「放下我呀，爸爸，讓我下來呀！」

余瑞根忿然朝倔強的貝貝腿上打了一掌：「別吵，以後不准再

跳！」因為舉手間忘了輕重，貝貝腿上立即出現了鮮紅的指印，她哇的一聲大哭起來。整個車廂被驚動了，有人發出了驚惑而鄙夷的指責：「嘩，有這麼野蠻的父親！」

余瑞根成了眾矢之的，人們都瞪著他，在心裡用腳狠狠的踩他，遠處有人好像找到了答案：「睇個樣就知是大陸仔嘛！」

余瑞根被眾人的目光刺得無地自容，這是怎麼啦，他像突然中了邪，連自己也無法解釋怎麼會當眾作出這樣的舉止，他還是第一次動手懲打愛之如命的女兒。這是怎麼啦，他慌怵地自問著，痛疚地轉身面向窗外。列車正駛過剛落成的一片住宅小區，那一幢幢拔地而起的高樓，那引人注目的游泳池，那花色斑斕的彩傘，那兒童樂園裡的千秋和轉輪。貝貝掛著滿臉淚珠的臉上突然破涕而笑，驚喜地指著窗外叫喊道：「爸爸，你看，爸爸你快看呀！」

余瑞根的聲音突然哽噎了：「爸爸看到了。」他的眼裡早已聚滿了淚水。

失落者的重逢

　　余瑞根返回大陸的消息驚動了整個木屋區，鄰居們都為他惋惜，說他是個十足的傻子。因為在他們眼裡對付女人的辦法實在太多，但根仔卻偏走回頭路。林伯更是感嘆不已。平素他的日子過得逍遙自在，他把這裡的野花亂石當作一幅看不厭的畫，把搬進遷出的鄰居當作一本翻不完的書，他把這裡視為風水寶地，搬來者遲則七、八年，快則三、五年就能置屋外遷。用他的話說，只要粘上這裡的土，家家面貌更新。最走運的已成了億萬富翁，每逢年節還專門差人送來一份厚禮。這個長老總是第一個迎接木屋區的晨曦，把鳥籠掛上樹梢，把飄盪著茶香的紫砂壺端上屋前的石桌，悠悠然地邊啜飲邊觀賞遠方的雲霧，近處的瓜棚，聽聽樹上的鳥鳴，自詡是神仙過的日子。送走瑞根後，他的生活節奏有點走樣了。起床後的第一件事不是沏茶看景逗鳥，而是惦摸根仔託交的那封信。眼中浮現的是父女的身影。人們說他傻，林伯覺得根仔走得有氣慨，是個少見的、能把一切怨懑裝進胸裡不吱聲的好仔。但瑞根的離去，使

林伯心中的這塊風水寶地也跟著失去了靈氣。他焦灼地足足等了一個多星期，莉莉終於拎了大塑膠袋回來了。她從小過慣了冷暖無常的生活，知道上什麼山，唱什麼歌，即使在娛樂圈裡開始走紅，也從不在木屋區炫耀自己。每次回家，她的穿戴跟鬧市區判若兩人，樸素大方，沒有一點脂粉味，顯示著美的本色。林伯進屋時，看到塑膠袋裡的衣物抖滿了桌面，大多是貝貝的新衫和玩具。外加兩件名牌T恤。見到林伯，莉莉嬌聲招呼道：「林伯，你幫我勸勸瑞根，叫他管好家，你看他又出去打工了。」

林伯怔立著，這些天，他醞釀了一大簍出自長者的肺腑之言想跟莉莉說，見面後勇氣突然消失了，連句話都說不出來。莉莉親切地挪動著椅子：「林伯，你坐呀，我給你泡茶。」但暖瓶是空的，取飲料時發現冰箱的插頭已經撥掉，她不禁朝屋內環顧了一週，把目光移到了苦瓜般堆滿皺紋的林伯臉上，猛地意識到可能出了什麼事。林伯拿出信遞給莉莉，他的聲音有點嘶啞：「囡，這是根仔留給你的信，他帶貝貝回大陸去了。」林伯害怕那種感情驟變的場面，放下信步履蹣跚地走了。回屋後還沒定下神，莉莉面色蒼白地匆匆走了進來：「林伯，瑞根走前跟你說了些什麼？」

「無，他什麼都沒說，我知道根仔，他想定的事，誰都攔不住。」林伯望著陷入迷茫和憤惑中的莉莉，終於鼓起勇氣用一種微帶責備的口吻說道：「囡，我早聽說過大陸提倡婦女解放，女人比

男人還叻。香港的叻女不一樣，你平時也該多回來看看，我活到這把年紀，只見過根仔這樣肯管家又帶孩子的男人！」

林伯的話觸到了莉莉的隱痛，每逢遇到突如其來的打擊，她比別人更需要男性的依傍，她哇的一聲，突然撲在林伯的肩上哭泣起：「林伯！……」

林伯兩眼發澀，撫慰道：「囡，別哭，囡，好好想一想，回去好好想一想。」

莉莉回屋後，呆呆地坐在貝貝的那張小凳上，心裡空蕩蕩的，她自信瞭解瑞根，是個百依百順的丈夫。現在發現全錯了，好狠心啊，一聲不響帶著貝貝走了，他以為這麼做就能把我逼回大陸嗎？她恨恨地咬著牙，為自己的行為爭辯：在夜總會賣藝就那麼招人鄙夷嗎？我沒有出賣自己的尊嚴，更沒有出賣對丈夫忠誠，瑞根為什麼要這般欺辱我？同樣是男人，像蘇有義這樣有身份有教養的人，不但知道如何尊重賣藝者的人格，對陷入困境的固守藝術品味的賣藝充滿著同情。怨憤和不平填滿了莉莉的腦子。她理不出個頭緒，該如何向母親轉告這件事呢？她鎖上門，像個無顏見人的放逐者，低著頭走了。鄰居們有意避開她，在門後窺視她躑躅的身影，只有林伯神色黯然地站在屋前，用那對慈祥的目光送她漸漸遠去。下坡時莉莉走錯了道，林伯朝另一方向揮手喊道：「囡，往右，行慢點，囡！」

齊艷芳在歡場姐妹中原是個佼佼者，但至今沒有個真正的家。別人趁姿容猶存時或作人外室或棄紅塵找個像樣的打工佬，日子都過得稱心而悠閒。齊艷芳自恃姿色過人又多唸了幾年書，定要攀棵桿粗葉繁的高枝，但幸運之神總跟她捉迷藏，接二連三的在公子哥兒和富佬們懷裡吃了虧上了當。徐娘半老後仍不服輸，還想在矮佬中挑高佬，結果又落了空。在一群老姐妹中反成了受人差遣和施捨的角色。她聰穎而伶俐，又燒得一手純真的江南佳餚，姐妹中遇有家宴或牌局後的小酌以及額外的家務，都請她操辦，她既能體面的湊個熱鬧，又把一切安排得妥妥貼貼。姐妹們出手雖然慷慨，但面對懸殊的處境，那股屈居人後的怨惱時刻折磨著她。現在好了，莉莉的到來如同福從天降，她不再卑恭地應差了。每當莉莉回去看望瑞根和貝貝，她總是藉故不願同行。她厭惡木屋區散發出來的那股窮酸味，更懶得跟那幫粗俗的擺攤打工的窮仔們打交道。今天她特意穿扮一新，準備上老姐妹處轉一圈，再次誇耀一下女兒高超的舞藝，炫耀一番令人驚羨的收入和正在籌幄中的前景。這時門鈴響了，開門時面前斜站著一個柱著手杖的男人，頎長的身軀有點前傾，臉上架著一付特寬的色鏡，幾乎遮住了半個面頰。來人的聲音有點躊躇：「請問有位叫齊艷芳的女士……」一瞬間，他突然跛著腿走了進來，聲音突然變得顫抖了：「啊！艷芳，你就是艷芳！？」

　　就在這進門的同時，齊艷芳驚惑地朝後連退了數步，他是誰？

她從沒結識過這麼個跛著腿架著大墨鏡的男人。來人馬上收斂起激動的神情，代之以苦澀的微笑：「艷芳，你認不出來了，我是志剛。」

啊，齊艷芳猛吃一驚，站在她面前的就是那個翩翩善舞的馮志剛嗎？就是那個情焰似火又言而無信的馮志剛嗎？是的，對方早已頭髮斑白又拄著手杖，卻依然殘留著青年時代那股氣宇軒昂的風姿。正是這個馮志剛，當年給她帶來過美好的憧憬，又給她帶來了致命的打擊。當她把這個名字從心中抹掉後，對方竟夢幻般地出現在跟前。來者熱切而惶恍地期待著，她卻冷若冰霜：「你還記得我，你是怎麼找上門來的？」

「昨天有個朋友偶然提到你，叫我試著上這兒找找看，真是上天不負有心人！」

齊艷芳突然驚覺地從頭到腳又向對方打量了一番：「還想到找我？！」

「聽説大陸的關卡允許台灣的回鄉客不蓋入境章，我就馬上從台灣回濱江市找你，什麼消息都沒打聽到。只聽説大陸的舞廳被取締後，不少人送去西北教養了。萬萬想不到你早就來了香港。艷芳，這輩子總冀望能再見你一面！」

「你的腿是怎麼瘸的？早不跑船了吧？」齊艷芳首先想知道的是對方的處境：「這幾十年在那兒發財？」

馮志剛發覺對方態度雖然冷漠，但未下逐客令，屋裡又無旁人，他主要依靠一條腿支撐身體，不等對方示意便坐下來，腿是怎麼瘸的，說來話長。當年在舞廳裡跟齊艷芳膠粘得火熱時，他在一艘往返於濱江至基隆的客貨輪上當大副，得知齊艷芳懷孕後真是憂喜交加。他知道父母決不會允許把一個歡場女子迎進家門的，唯一的選擇是遠走高飛，帶她搭乘自己的船同往台灣。沒料到這艘定班船也遭軍方的緊急徵用。先遣部隊登船後立即布下崗哨，嚴禁船員離船，並限時把船移至軍用碼頭。當時解放軍已呈包圍之勢，待撤的部隊遍佈江邊，軍械裝甲車彈藥和財物堆積如山。這艘定額三百旅客的班輪，從走廊到貨艙強行塞上了三千多官兵。船上岸邊一片混亂，馮志剛登上船首指揮解纜時，被阻在岸上的一批雜牌軍突然槍聲四起，一顆流彈在他眼角上穿頰而過，頃刻血流如注，抬進醫務室後就昏倒在床上起不來了。深夜他被一陣震耳的鈴聲驚起，這是船艙失火的信號。警鈴就是命令，身為大副更如指揮員聽到沖鋒號，他忘了傷痛，臉部纏著紗布，憑著一隻眼的視力逆著人流向硝煙彌漫的船尾奔去。火焰從二層艙向外漫延，而底艙裝的是隨時可能引爆的彈藥。水手們舉著滅火器站在高處準備往下噴射，但射程太遠，他奪下滅火器，當先奔下火場。大火撲滅後，他又親自用水龍給以降溫，並派人值班警戒。當他疲憊不堪地登上臨時架搭的竪梯時，眼前突然一片發黑，仰身從半空中摔了下來。全船得救了，

他卻在臺北的醫院裡整整躺了五個月。出院時他的模樣全變了，嚴重的骨折使他成了瘸子，左眼的視力近似零，面頰的槍傷，雖經整容依然疤痕累纍。一個氣宇軒昂的青年成了殘疾人。他的愛情被斷送了，他的船長夢破滅了，他扴著手杖帶著遮醜的大墨鏡，過早地向甲板和大海告別了。那個隨船同行的少將師長頗有點受恩知報的氣度，每次去醫院探望時一再稱頌他為救難英雄，為此他的名字還上了報。又和輪船公司各自為他提供了一筆豐厚的撫恤金。馮志剛用它在臺北郊區買下了一大片桔園，過著遁世的隱居生活。廿幾年過去了，恰是馮志剛年齡的一倍，當年他動如燕、聲如鐘，現在絲紋不動地坐著，聲音平和得像細細的泉流。但從他不時抽搐的臉部可以看出，向齊艷芳傾述這段往事時，他是以何等巨大的毅力克制著激蕩如濤的思緒。

齊艷芳耐著性子，一再變換著坐姿，就像被迫聽敘一個遙遠而驚險的故事。歡場生涯早就教會她別問自己從哪裡來，別去回顧歲月留下的累累傷痕，重要的是往何處去。如今她擁有了莉莉，也就擁有了未來的一切。當她聽到對方買下了一片桔園時才引起了她的關注：「聽說台灣的地皮愈來愈值錢？」

「我早把它捐獻了。」

齊艷芳吃驚地向衣著不起眼的馮志剛掃視了一遍，發現從她心中抹去的馮志剛變得更陌生了：「捐了！你把性命換來的桔園捐

了。」

「我捐給一個慈善機構，跟他們合辦了一座殘疾人康復中心。」馮志剛的聲音依然細如泉流，但他的臉卻變得舒坦了：「我不想靠桔園坐吃到老死，當時我還年青，我盼望給自己也給那些不幸的人做點事。」他從袋裡取出名片：「我學到了不少知識，十年前我就被推舉為中心的主任。」

齊艷芳對殘疾人之類的話題毫無興趣，看了下錶，哎的一聲站了起來：「早過點了！」她明顯的在向馮志剛發出逐客令。馮志剛倒吸了一口氣。在恍若隔世的相見中，他對齊艷芳不抱任何份外之求，有的是深深的負疚和亂世留下的痛憾：「我就走，艷芳，今生能見到你，總算了卻了一樁心願，我請求你的寬恕！」

男人們動聽的話，齊艷芳的耳朵早就聽出老繭了。但出自馮志剛口中的滿懷虔誠的語氣，她的心禁不住為之一顫：「這是天意，你受了這麼大的苦，就別再提過去的事了。」

馮志剛凝神望著齊艷芳，聲音突然變了，每個字都凝結著希望和不安：「艷芳，當時你已經懷孕了，孩子呢？我們的孩子呢？！」

提到孩子，齊艷芳本能地閃露出警覺的眼神。他問孩子幹什麼？一陣驚悸後，驀地把身轉向窗外，有一刹那，思維彷彿停止了。楞楞地站著，室內的空氣凝重得令人窒息：「打了……」那聲音好像是另一個自己在說話：「打掉了……」

「打掉了！……啊，你給墮了！……！」馮志剛淚眼濛濛地望著齊艷芳的背影。大陸的邊門剛剛開啟，在霧茫茫的航程中彷彿看到了一絲亮光，天賜的重逢終於償還了負荊求恕的心願，同時也掐滅了僅存在心底的一絲奢望。天啊，當年為什麼不提前一個航班把艷芳接走呢，他在心裡嘶喊著：你為什麼要這樣懲罰我！馮志剛好容易才扭轉身挪動了腳步，那條殘疾的腿落地時顯得格外顫抖，每朝前邁動一步心跳就隨之加速，他的軀體好像在飄忽，在下沉，墮向那無底的深淵。當他顛晃著走出大門來到轉角的騎樓時，胸口突然發出了一陣絞痛，接著便是窒息前的悶塞，他馬上緊靠牆根，縮身坐了下來。這時正從側面路口穿行回家的莉莉看到了跟前發生的一切，快步奔到馮志剛跟前：「先生，你怎麼啦，先生。」

馮志剛從衣袋掏出了長備的藥袋，雙手哆嗦著怎麼也不聽使喚，藥袋一下失落在地上。經驗告訴莉莉，這是心臟病猝發的症狀。文革期間，在一次批鬥會上，她敬愛的老師因心臟病突發直起腰想從袋中取藥時，紅衛兵以為她不服批鬥，強行將她按倒在地。這場景既殘酷又意外，雖經時間的剝蝕也未被淡化。就這麼幾秒鐘，就差沒能含下這麼一粒藥丸，一顆賽似母愛的心停止了跳動。親睹這幕慘劇的莉莉，知道時間的急迫，迅即撿起藥片塞進了馮志剛的咀裡。她怕發生意外，靜觀了好長一陣才問道：「先生，要不要送你去醫院？」

馮志剛終於緩過神來，搖了下手，吐出了借助想像才能聽清的聲音：「謝謝⋯⋯小姐。」

眼看險情已經過去，但莉莉仍不放心，依然在一旁佇立著。馮志剛彎腰起立時，大墨鏡突然掉落下來，莉莉看到凹凸不平的傷疤時驚駭得朝後退了一步。馮志剛的手顫抖得久久沒能拾起地上的墨鏡，莉莉上前幫他撿起戴上，又扶著他坐進了應招的出租車。

莉莉望著遠去的車影，驚魂稍定後才轉身離去。開門進屋時，看到母親臉色蒼白，兩眼潤濕地呆坐在桌前，驚問道：「姆媽，你怎麼啦，哪兒不舒服？出了什麼事？」

馮志剛的突然出現未能引發齊艷芳的懷舊之情，直到離去前問及孩子的下落時才激起了強烈的震撼。她錯恨了險些被害在其手裡的馮志剛。她似乎還能追憶起當年馮志剛強勁的手臂和熾烈的情焰。馮志剛走後，悲和憐，驚恐和恍惚緊緊地纏住她不放。她既為自己機智而斷然的回答而竊喜，又為自己編織的謊言感到慌疚。他是個好人，是個不諳世道自甘淪為兩袖清風的殘疾人。她決不能讓自己和女兒受其牽累。她呆呆地坐著，竭力想降下由於馮志剛的出現而啟動的那幅回憶的幕簾，力圖抹去冥冥中重逢的馮志剛的身影。莉莉的到來，使她從恍惚中驚起，發現桌上放著馮志剛的名片，立即把它塞進袋裡：「我有點頭暈。」

「有人來過了？」

齊艷芳按下心中的慌亂，有意把話叉開：「你怎麼回來了？」

「快把我氣死了！下坡時摔了一跤，拐角處又嚇了我一大跳，那個人的樣子好可怕，臉上留著大傷疤，腿還是跛的，差些死在騎樓下！」

齊艷芳突然心跳如鼓，驚恐地追問道：「那人後來怎麼樣啦？」

「等到他緩過了氣，我把他扶上車才回來的。」剛才的驚嚇使莉莉暫時忘卻了瑞根不告而別的怨憤，現在又露出了柳眉緊鎖發洩無門的惱恨。

莉莉的神情引起了齊艷芳的詫異：「什麼事把你氣成這個樣子？」

「瑞根帶貝貝回大陸去了！」

「回大陸，招呼不打就走了！」

「他給我留了封信。」

「給姆媽看看。」

「我給撕了，他說香港住不慣，怕我不讓他回大陸，只好瞞著我走了。」

提到瑞根，齊艷芳毫不掩飾內心的鄙夷：「別人花大錢也買不來一張入港證。我看他是忘了自己的時辰八字，大陸仔到了香港，個個歡天喜地活蹦鮮跳，獨有他整天像個悶罐，你怎麼跟他過的日子……」

「我夠煩了！你不能少說兩句。」

「你煩，我比你還煩！」齊艷芳這回沒有在女兒的喝阻前讓步：「生就大陸人的命，一輩子也上不了場面，還是走了好，省得你兩頭分心。他就是欺你心軟，這種事只有大陸仔做得出。……」

莉莉被母親的話刺痛了：「你女兒是大陸妹！」

「你腳尖一豎，別說港人，番佬都誇。」齊艷芳愈說愈露：「瑞根不笨，走得還算聰明。莉莉，聽姆媽的話，趕緊拿定主意。」

「我的事我自己會作主。」

齊艷芳面對莉莉憤惑的目光不敢再嘮叨下去。她又估計錯了，觥籌交錯和紙醉金迷的生活雖然使女兒變得更嬌美更迷人，卻未能改變她的脾性。齊艷芳忘了，她把女兒丟棄在大陸的歲月裡，對方是在冷暖無常和掌聲與陷阱並存的環境裡長大的。莉莉心中早鑄就了一桿感應靈敏的秤，而且總是按自己的方式決不短斤少兩的給以回報。

靈肉交融的香港之夜

　　崔德發接到余瑞根發自大陸的信，先是驚訝接著便緊緊地捏起了拳頭。令他困惑的是溫順得像頭笨牛的余瑞根，動真格時居然還有一股子寧可玉碎不願瓦全的強勁。分手前不伸胳臂不踢腿，像個文質彬彬的君子。信中既無怨惱更無半句指摘，反說遷港後拖累了莉莉和她的母親。那語氣倒像是自己有負於莉莉。最後要求他打聽一下那個老闆的底細，唯恐莉莉上當吃虧。並說他給莉莉接連去了兩封信，只要她提出離婚，他馬上就簽字。但久不見回音，叫他覓機問一聲。

　　文革期間黑崽找紅種，窈窕淑女下嫁虎背熊腰的造反派，這種政治雜交的姻緣，崔德發見得多了。後來緊箍咒一失靈，這種說不清理還亂一剪了之的姻緣他也見得多了。來港途中相識的這一對，當他看到莉莉那幅臨街豎立的畫像時，就預感到小木屋裡早晚會升起風球，崔德發從恨其不爭轉而折服於余瑞根淳厚的為人。對方囑託的事當然要認真去辦。最近他除了兜售「虎鞭」外，又操起了

第二職業，跟新結識夥友充當老闆們的臨時保鏢，還兼幹點諸如逼債之類的營造聲勢的角色。這對完成瑞根所託提供了方便。那個朱老闆雖然排不上香港巨富之列，也稱得上是個億萬富翁。除夜總會外還開有服裝公司和海鮮大酒家，偶爾也出資拍點三級電影，為人豪爽，場面上更是出手不凡。至於他的私生活，如擁有多少外室，那得僱用私家偵探才能搞清。有個情況頗使崔德發費解，兩年前其妻子去澳洲旅遊時，因飛失事而遇難。他卻至今尚未公開續弦。崔德發詳加分析後得出如下結論：此佬比他那個有實無名的混蛋老妹夫有點人樣。他據實向瑞根回信後，剩下的就是叫莉莉趁早攤牌了。近來他已混出了一點模樣，因為身兼兩職，必須一身兩裝，街邊貨是兜售「虎鞭」時的大陸仔本色，名牌衫是當保鏢時的門面。有了一身新行頭氣魄判若兩人。大大咧咧的在夜總會門前邊漫步邊等候莉莉的到來。那輛奔馳車一到，他便迎了上去。莉莉怔了片刻才驚喜地喊了起來：「啊，德發，是你啊！」

今晚莉莉的母親沒有隨行，這使崔德發更加肯定了兩者間的曖昧關係。他朝朱老闆行了個注目禮，轉向莉莉：「小齊，我有事找你，幾分鐘就夠了。」朱老闆去後，崔德發擺出一付身受重託的架勢：「阿根來信叫我轉告你……」

提到瑞根，莉莉臉色驟變，憤然打斷了對方的話：「有話為什麼叫人代轉？」

「為什麼？那得問你自己！」崔德發回報以滿臉的不平：「齊小姐，你快跳紅整個香港了，人往高處走，水往低處流嘛！下一步怎麼走，早給阿根回個信就是了。」他轉身剛抬腿又回頭擲下了一句沉甸甸的話：「在闊佬面前別太掉了自己的身價，懂嗎？」

莉莉怎能承受這種譏諷帶羞辱外加教訓的口吻，無奈對方已經揚長而去，只好朝那粗野的背影投出了恨恨的一瞥。她心裡很清楚，瑞根一走，逼著她選擇的只有兩條路，一條是跟著他走回頭路，重返那座暗淡無光的城市，回到那個給她以重創的群體。不，回湯豆乾香不了，她早就鐵了心，即使餓飯地決不縮回去啃那堆苦澀的回頭草。何況她已身處於一個充滿誘惑力的由陌生變得熟悉的世界。而團裡的幾個好友來信時，無不傾羨地戲稱她是離團出走的頭號種子。並說眼下團裡都快瘋了，跳的、拉的、彈的全把心思用在如何攀親粘故上，不信教的也在胸前劃十字，祈禱早圓出國夢。過去調子唱得最高的，現在想得最兇，耳朵伸得最長，四處搜索能夠引線搭橋的外來客。團裡的這些做戲黨，莉莉跟好友們私下給他們取的外號，現在閉上眼就能猜出他們的另一副模樣。出來了再回去，豈不被他們看死，讓他們笑掉大牙。而指路的箭頭，已經為她指向早已拉開間距人各一方的分手之路。正如崔德發所說，只等她一紙定音了。但莉莉握筆時總感到對瑞根欠下點什麼，所以叫他把貝貝帶出來，要分手也應該在香港辦理。夜總會的生涯雖然不是她

追求的目標，卻讓她實實在在的體會到了藝術和金錢的比值。一個晚上就夠掙上打工仔近月的工資。同時結識了不少有財有勢的人物，完全可以為瑞根創造一個在香港立足的條件。信已發出近旬，正焦灼地盼著瑞根的回音。這時突然殺出個崔德發，使她壓抑多時的怨憤愈燃愈烈。不久，更被瑞根的回信激怒了。對方不僅不領情，反說香港即使變得遍地黃金，今生今世他再也不願踏上那塊土地了，最後寫下了兩行相同的字句，以表達他同樣鐵了心的決定：貝貝歸我，手續任你辦。

莉莉的心顫抖了，她不能失去貝貝，在這最需要磋商和撫慰的時候，莉莉卻不願在母親前暴露內心的真情。母親的勢利和卑瑣，使她們間至今未能建立起骨肉相連的親情。她寧肯獨自默地咀嚼著瑞根擲回的這枚紙包的苦果。並且終於醒悟到瑞根為何不告而別的真意。她鼓不起勇氣作出抉擇，只好維持人分兩地的現狀，走到哪兒是哪兒，把將來的一切交給命運。

從此莉莉總是強露著歡顏走進夜總會。現在正是黃金時刻，她竭力調節著心緒，走進了化妝室。

今晚是週末，場內早已座無虛席。人們翹首以盼的莉莉剛展身姿，如雷的掌聲迫使樂隊指揮屏息而立，莉莉成了夜總會的靈魂，成了歡樂的天使。看，當音樂聲起，莉莉一踮起足尖，什麼煩惱和怨懣都拋之九霄雲外，隨著旋轉全心身地投入到詩一般的意境中

去，引領著觀眾一起跨入藝術王國裡遨遊。

一曲終了，莉莉含著答謝的微笑沿著桌廓繞至後座時，一個頎長的身影突然迎面而立，彬彬有禮地點了下頭：「齊小姐，您好！」

這正是莉莉盼望已久的身影，她已多時沒聽到如此親切和含有磁力般的聲音了：「啊，蘇先生，幾時來的，就你一個人嗎？」

顯然是為了免得引人注目吧，蘇有義的服飾完全變了樣，上著夾克，下穿一條淺灰色的西褲，一派白領階層的穿著。但在莉莉眼中，跟記憶中的衣著華貴的蘇有義相比，一下子年輕了好多。她宛如他鄉遇故知，不等對方回答，就微踮起足尖，挨近蘇有義的耳邊柔聲說道：「蘇先生，你在門口等我一會，我進去換了裝就出來。」

蘇有義站在熒光閃爍的大門口，一會雙手插袋，一會兒轉身回盼，對莉莉剛展藝就棄場相陪感到意外，很有點受寵若驚的樣子。隨著一聲甜甜的喊聲，容光煥發的莉莉翩然而至。她雙手挽住蘇有義的胳臂朝海邊方向走去。莉莉親如密友般的舉止，使蘇有義微吃了一驚，其實剛才重逢的剎那，他也有一種他鄉遇知音的感覺。莉莉依傍著蘇有義，深情地凝視著對方，毫不掩飾內心的興奮和歡悅：「蘇先生，我知道你一定會來看我的。」

「是的，齊小姐，我早該來了，總是抽不出身。」蘇有義的聲音莊重而坦誠：「我是特地來向你道歉的！」

「道歉，為什麼？」

「齊小姐，因為我的緣故使你受到了傷害，陳經理如實告訴了我。為了這件事他堅決要辭職。他富有敬業精神，又是香港公司的創始人，總公司好不容易才把他挽留住。」蘇有義的臉上閃過了一絲難言的隱痛，語氣顯得更加懇切：「齊小姐，你不會拒絕我的道歉吧？」

莉莉用行動回答了對方，把蘇有義的手臂挽得更緊了：「你這麼說，我更得向你道歉了。你……」莉莉突然把話打住：「蘇先生，我們不談這些好嗎？今晚我請客，讓我們玩個痛快！」

他們走進了臨海而立的五星級飯店。這裡有一流的舞廳和樂隊。莉莉向侍者要了兩杯加冰塊的名牌威士卡。蘇有義露出了驚訝的神情：「齊小姐，你學會喝酒了？！」

「你忘了，這是第二次。」在蘇有義面前，莉莉一掃內心的愁雲，恢復了多時不見的調皮和任性：「為了慶祝我們的重逢，我要陪你喝一杯！」

樂隊奏起了悠揚的華爾茲舞曲，蘇有義迎著莉莉那對代替語言的眼神，並肩步入了舞池。沒有比在樂聲中旋轉更能展現莉莉的體韻和神采了，她跳得多麼高雅而飄逸，蘇有義彷彿又回到了和音樂與舞蹈為伍的青年時代。在他的記憶裡，從未遇到過像莉莉這樣令人陶醉的舞伴。

這裡是以演奏古典樂曲的舞廳，賓客們都是些溫文爾雅的紳士

和淑女。倫巴樂曲剛奏響，莉莉尚未落座就挽著蘇有義又重返舞池。喝下的幾口酒像是興奮劑，她嬌媚得像個浪漫的大孩子，微微擺動著臀部，蕩漾著迷人的線條。剛才的舞姿已經引來了有心人的注目，現在舞池中只有幾對舞伴，更多的舞伴在舞池邊駐足而立，目光都緊緊跟著莉莉在移動。淑女們懷著驚羨的目光想從莉莉的舞姿中收穫得啟示。紳士們的審美情趣卻大相迴異，他們看到的是妖媚和撩撥心弦的脈脈柔情。迎著光束般集中的目光，莉莉覺察到了蘇有義時隱時現著一絲莫名的愧色。返回座位後，她一面招呼侍者要酒，同時輕聲慫恿道：「蘇先生，這裡不會有人幹擾我們的。今晚我要請你喝下平生最多的一次酒。」

在社交場上如魚得水的蘇有義，發現跟莉莉間的年齡差距是全場較大的一對，隱隱地發覺人們似乎對他投來異樣的目光。但莉莉的熱情和動人的語意不僅替他驅散了潛伏的愧意，更是令他怦然心動：「你說的是酒逢知己千杯少吧，齊小姐，讓我分一千次喝吧！」

「你真會說話，一千次我可請不起。」

「那就讓我來請吧。」蘇有義握著酒杯，陶醉在美妙的想像中，昂起頭計算著：「一千次……啊，一千次該是多麼悠長的歲月……」

這是莉莉來港後最歡悅的夜晚，他們盡情地跳，盡情的唱，盡情地領受人們羨慕的目光。微帶醉意的莉莉突然定睛凝注著蘇有義，

有種朦朧的感覺在腦海中蠕動，從懂事起她就冀望著有這麼一個長者生活在自己的身邊，接受他的保護和愛撫。隨著醉意的加深，她又墮入了另一種更為誘人的幻覺裡……

蘇有義被莉莉熾熱的目光烤焙心跳不已，他意識到該是控制自己的時候了，伸手握住莉莉的第二標杯酒：「齊小姐你不能再喝了，我們該走了。」

「不嘛，我今晚好快活，我不想這麼早和你分手。」莉莉的感情彷彿找到了噴發口，執拗地握着酒杯：「喝呀，蘇先生，你才喝了五杯，我數着吶！」

蘇有義情不自禁地舉杯一飲而盡，然後悄悄地揮手示意侍者埋單。當侍者把托着帳單的盤子遞向蘇有義時，莉莉明顯地露出了醉態：「給我，你們為什麼總把帳單遞給先生，今晚我是主人！」

莉莉挽着蘇有義的手臂，幾乎是依偎着對方下到底層的大廳。她突然邁向沙發，捂着臉喃喃道：「我頭暈。」

蘇有義殷切地陪坐在一旁：「給你要杯咖啡還是紅茶？」

莉莉靠倒在沙化上，發出了孩子般的央求聲：「我走不動，蘇先生，我想躺一會。」

蘇有義猶豫片刻後，望着進出的賓客，為了免失儀態，向服務台訂了個房間，扶持着莉莉走進了電梯。打開高層的華麗套間，莉莉一下子撲倒在床上，抖脫了鞋子，如訴如嘆地說道：「我好

累啊，我好……」她未及說出孤獨兩字就陷入了醉鄉。

　　「齊小姐，」蘇有義深怕沒能阻止莉莉對酒的放縱：「你放心的休息一會，我在這裡陪你。」他搬了張椅子在床邊坐了下來。遠在來港的旅途中，他就為這次見面假設過多種面紅耳赤的場面。準備了一篇長長的表白內心的歉詞。現在反為這篇煞費苦心的歉詞沒能表達而感到遺撼。莉莉隻字不提往事，也不讓他提，有意要把他妻子搗毀舞蹈班的事從他們的記憶中抹去。更沒想到的是，這次見面，好像早有一雙無形的手在等待着，把他們拉靠在一起，親暱到令人心顫。喝得微醺的蘇有義痴迷地望着床上的莉莉，胸中突然迴蕩起醉人的樂聲，和她在一起，宛如兩個遁世避俗者坐上了雙人小舟，沿着枝藤繁茂，鳥語花香，清澈見底的瀝流蕩漾。蘇有義的目光情不自禁地從莉莉美麗的臉頰移到了微微起伏的胸脯，最後在那修長的雙腿和足踝上停住了。有股突發的引力促使他走向前去屈下單膝，伸出手想輕輕地撫摸和親吻一下這雙把他帶入如詩如畫般的足踝。當他經過了多次熾熱的衝動又快速的冷卻後，最後終於退縮了回來。這個在社交場上被視為風流倜儻的多情漢，在生活中卻從不扮演性愛的偷襲者。他深恐站不住君子風範，轉身走去淋了個冷水浴。返回時發現莉莉換了個睡姿，左手緊抓住枕角，那種怎就像孩子攫住大人的衣角，在靜謐的長夜裡，蘇有義從未這般細膩地欣賞過女性半裸的足踝的全貌，多麼想伴隨着她在睡夢中一起遨遊

啊……

莉莉醉後醒來蘧地從床上坐起，睜大着驚惑的眼睛，環顧一下四周後，當她看到蘇有義如釋重負的微笑時，泛起了羞澀的笑容：「幾點了？蘇先生。」

「差十分就三點了。」

莉莉突然動情地問道：「蘇先生，你就這麼坐着？！」

「齊小姐，這是我一生中最難忘的夜！」

他們凝目相對，兩情脈脈。莉莉眼中漸漸燃起了焙人的亮光：「你是世界上最好的男人！」她突然撲向蘇有義的懷裡，蘇有義猝不及防地仰身跌倒在地毯上。一個驚喜交加，一個嬌聲暢笑，這時同是異根生的異鄉客，墜入了深深的愛河。莉莉發出了相見恨晚的求愛聲：「把我抱緊些。」

他們擁抱着從地毯移到了床上。莉莉撳滅了燈，她需要依傍和撫慰，她把蘇有義的手放到了袒露的胸襟，發出了挑逗的顫聲：「蘇先生，我知道你會喜歡我的……」她柔情似水，他如醉似幻，靈和肉的交融把他們溶為一體了。

愛神擾亂了蘇有義的生物鐘，他數十年如一日養成了晨運的習慣，但今天醒來時，陽光早已灑滿了維多利亞海灣。莉莉的大半個身子依偎在他的懷裡。那富有彈性的乳房緊貼着他的胸脯。蘇有義隱約地聽到兩顆緊貼的心和諧地發出歡顫的搏動。莉莉的睡態令他

浮想聯翩，她像隻長途跋涉後終於找到了棲息地的正在盡情休憩的天鵝。那濕潤的氣息，像股暖流般滲透到全身，往他體內灌注着青春的活力。

莉莉醒來時已近中午了，蜜一般粘着蘇有義的臉頰：「睡得好香啊！你早醒了？蘇先生。」

「莉莉，你今後叫我有義吧。」

「不，稱你蘇先生，我就會想起第一次見面的情景。」

莉莉一想到蘇有義從容大度地離場時回眸凝注的剎那，便禁不住心跳如鼓，正是這一剎那，對方的音容笑貌就牢牢地定攔在她心靈的屏幕上。他是個真正的女性心目中的白馬王子。依偎在他懷裡，使她獲得了一種企盼已久的滿足感。他雖然不屬於自己，但她自信在精神上佔有了他。而那個給她以凌辱的富婆，本可以成為自己的恩友，現在她失去的將比自己多得多。想到這些，莉莉醉後的失控，沒有絲毫愧疚，遍體洋溢着舒心的快意。

陽光透過窗簾早把室內照得通亮，半裸的莉莉起床後，為了誇示健美的線條，跨着舞步走進了盥洗室。蘇有義走到窗臺前俯祝着這座喧嘩而擁擠的城市，因為有了莉莉，他突然變得富有魅力了。他知道莉莉只是最近從大陸進入香港的大批移民中的一個。還有許多當年一心向來，回歸遠親家園的華裔子弟。雖然學有專長，因被拒於出生地的門外，一時找不到施展才華的機遇，在這裡過着胖手

胝足的生活。去年他遇到幾個少年時代的同學，分別向他們伸出過援助之手。莉莉的舞蹈班突然被其妻子搗毀，蘇有義所遭的打擊和忿怒遠甚於莉莉。為了再助莉莉一臂之力，他籌拼了多時，才借機趕來香港。現在一切都變了，充滿浪漫色彩的異鄉之戀，一下子成了心頭的重負。原先準備好的措詞不適用了，他苦苦的尋思着最純淨的表達感情的方式。

莉莉洗盡脂粉出現在蘇有義面前時，他看呆了，這是又一個如出水芙蓉般鮮靈靈的莉莉。他的舉動顯得侷促，口齒也變得笨拙了：「莉莉，有件事，是這樣的，説出來請你別介意。」

「什麼事？蘇先生，對我這麼客氣，我可要生氣了。」

蘇有義深恐詞不達意，語氣有點結巴：「是的，怕你生氣，這才……莉莉，陳經理説你跟母親同住。我想你應該有一套屬於自己的房子，它是不愛任何人侵犯的堡壘。有了它，你對生活的選擇會多一些。」他從袋裡取出了一張早已簽好字的支票：「莉莉，買套公寓吧，看好了，你自己往上填吧。」

蘇有義的行為令莉莉感到震驚，面對如此慷慨的饋贈，使她心跳不已。這種事情她曾半信半疑的聽母親説過，今天竟降到了自己身上！為什麼偏偏是今天呢？！她恢復了鎮定，不，這不是她冀盼和以這種形式出現的幸福。她沒有接過這份近乎奢望的財富，而是認真地察辨着可能隱藏在對方背後的某種含意。

蘇有義面對那雙清澈無瑕的目光，惶恐不安地說道：「收下吧，莉莉，請相信我，決沒有任何別的意思。」而他早先為莉莉可能拒收時準備的台詞是很灑脫的：「能夠讓人接收幫助是一種幸福，多少是次要的，齊小姐，你肯定也有過同樣的體驗。要不，你把它當作一份無息貸款，方便的時候再還我。」現在由於關係的變化，蘇有義再也找不出替代它的語言。

蘇有義的神情足以證明他助人為樂的真誠。莉莉這才突然想起了久壓心底的大事。她朝蘇有義報以一絲神秘而狹點的微笑。轉身取來了手提包，從夾袋裡掏出了一張被層層折疊的支票：「你看，」她把支票伸展在蘇有義的眼前：「你的太太想用它買斷我們的友誼，但她偏偏遇到了把友誼看得比金錢更重要的大陸妹！」莉莉對這一刻的到來已經盼等多時了，她把支票一撕再撕，就像徹底撕碎那強加在她記憶中的羞辱，就像撕破那頤指氣使的醜婆娘的嘴臉般感到解恨。然後把碎片連同捏在蘇有義手中的支票一起塞進了對方的袋裡：「蘇先生，我接受過你的幫助了。在夜總會跳舞，我已經攢下了不少錢吶！」她看下錶，啊的叫了一聲：「我得走了，媽媽會急壞的！」

蘇有義的震驚遠遠超過莉莉剛才的反應，妻子的行為令他憎惡和惱怒。又為自己過於直露的舉動和粗糙的感情感到不安。他緊跟在莉莉的身旁來到了門口，久久找不到恰當的語言表達內心的歉

疚。莉莉舉手召喚着出租車，上車前突然緊靠在蘇有義的胸前，露出了苦澀的微笑：「蘇先生，你不會生我的氣吧。你說過的，藝術家是驕傲的！」莉莉沒等回話就匆匆的登上車走了。

蘇有義悵然呆立，心靈空空的，他的神魂彷彿伴隨莉莉而去，他像突然失落了一生中最璀璨的瑰寶，隨即攔下了一輛出租車，指着前方催促道：「快！快幫我追上她！」

弦斷琴碎

　　蘇有義每次來港，名為瞭解和溝通歐亞間的業務，但主要精力
都花在社交活動上。他身為貿易界人士，知情者卻從不向他討教有
關金融和貿易方面的才識和經驗。談藝術，談遊歷，談各國的名勝
和文化差異，包括禮儀、飲食、思維方式等等，他都有獨特的見
解，堪稱人類社會高品位的鑑賞家。這些都是林氏公司的財力和知
名度為他創造的條件。他的足跡和朋友可謂遍天下，香港只是他生
活中的一個調節站。這次滯留的時間竟長得出奇，而且行動隱秘。
若不是公司董事長，也就是他內兄，一日打來幾次電話催他回去，
蘇有義幾乎忘了有個家像繮繩般牽扯著。窮盡了所有托詞後，不得
不被迫返程了。

　　飛往J島的班機在啟德機場的跑道上加速時，刺耳的噪音像把
鋼鋸般銼痛了他的心。飛機騰空時，他的心卻隨之往下墜落，留在
香港繼續依伴著莉莉。空姐遞送飲料時的柔聲細語，鄰座者熱情的
舉止，一概視而不見，像個沉醉在夢中不肯醒來的癡迷漢。

回到J島，走進宅邸，蘇有義直奔自己的書房。說得確切些，它更像是一間音樂室，這裡配置了最新的音響設備，儲藏著大量由名家指揮，一流樂隊灌錄的音帶和唱片。他選放了柴可夫斯基的《天鵝湖》，一頭靠在沙發上，隨著熟悉的旋律，眼中出現了莉莉飄逸的舞姿。飛機用了幾個小時拉開的距離消失了，他彷彿又聽到了兩顆歡顫的心在瑟瑟搏動。樂聲和舞姿，憧憬和遐想漸漸地融滙成一股熾烈的要求投入的衝動。他霍地站起，打開那座多年不曾啟動的壁櫥，翻搗著取出了那把學生時代父親咬著牙寄去重金給他買下的提琴。撥動著，調好音，和著樂聲拉響了第一個音節時，棄之多年的琴弦突然崩斷了。在這同時響起了輕輕的叩門聲，老女傭李媽走了進來：「姑少爺，姑奶奶和姨媽看你來了。」

李媽原是林氏千金林碧珍的女侍，結婚時作為嫁妝的一部分一起遷入了這幢燿眼的歐式洋房。李媽的出現，促使蘇有義真的意識到自己到家了。

兩位老人的同時出現非同尋常。碧珍的姑媽是林氏家族唯一在世的長輩，年近九旬的老人，依然耳聰眼明，只是說話時因缺了幾顆門牙而有點漏風。她應侄女之邀已在這裡住候多日了。難怪一進門就把陳芝麻爛穀子的往事倒了出來：「有義啊！你阿爸十七歲從唐山出來就在林家落腳，管了一輩子帳，跟林家有緣啊！他在世時，我耳朵裡從沒灌進過半句他的閑話，忠厚老實的好人啊！才修

來了你這個一表人才的兒子。你自己說吧，林家哪兒虧待了你。你一年到頭在外遊蕩，擲下碧珍一個人守家，真有那麼多生意上的應酬嗎？有義啊，你是給外面的野女人迷住了心竅。姑媽特地來幫你驅邪。」

瀟灑脫俗善於言表的蘇有義踏入家門就判若兩人，除了在音樂室裡隨著音符遨遊外，像個孤獨的寄居者。他和繼承巨產的妻子本來就缺乏共同語言，數月前背著他去港大擺雌威造成的創傷至今還在隱隱作痛。一到家就面臨老人的責難，估計又是多疑的妻子無端的想挑起一場爭鬧，發洩其乖戾的脾性。他怕接觸老人那責難的目光，漲紅著臉朝窗前走去，緊張地盤算著應體的對策。

姑奶奶挑明來由，按事先磋商好的戰術，該輪到小姨媽出場了。她倆雖屬同輩，年齡卻小得多，剛過六十歲生日。年青時是個樂迷，對蘇有義的才華倍加讚賞。當年蘇有義執教期間曾兼任市府交響樂團的小提琴手。每逢星期日演出時，她一場不漏地成了市府會堂裡最忠實的聽眾。遇上格外鍾情的曲目，還邀請碧珍結伴同享，沒想到碧珍就此對蘇有義扣下了如癡的情結。面對眾多倩麗的競爭對手，她恃著林家和其父親間的特殊關係，又使出了嬌奢女性的慣技，每塲音樂會結束後，癡顛顛地捧著鮮花纏住蘇有義不放。任憑蘇有義好言婉勸外加冷漠以待，都無法掙脫這個死扣。由於林家顯赫的聲勢，這場情場角逐一時成了J島街頭巷尾茶餘飯得的

談料。眼看林家唯一的千金不吃不喝，早晚叨念著蘇有義的名字，癡心女子遇上了無情郎，弄不好要鬧出人命的。這可急壞了剛把經營大權交給長子掌管的林家老爺，專程造訪了告老在家的老帳房，屈尊提出了結親的要求，深受林家恩澤的老帳房，先是為老東家的到來深表不安，接著又怕失聰的耳朵聽錯了話。因為早有傳聞，林家的掌上明珠有意想跟M市的一家門當戶對的少爺攀親。待老東家湊近他的耳朵重述來意後，蘇有義的父親大為驚惑，想不到自主擇偶之風也刮進了林家大院。這是兒子的造化，他受寵若驚地連聲應諾了下來。送走未來的親家老爺後，樂悠悠地暗自思忖，兒子外出五年，賺錢的本領沒有學到手，番鬼那套勾引女人的本事倒學回來了。準是怕攀不上這門親事才對阿爸守口如瓶。作為一家之主，他原想在晚上的飯桌上當著全家的面宣佈這樁大喜事。甚至把內容都想周全了，他要從自己跨進林氏公司的大門說起，如何忠心耿耿地成了為林家聚財的功臣。說明做事要忠，待人要誠。林家老爺正是看準了蘇家的好家風才登門求親的。但他還是按捺不住內心的歡顫。兒子剛跨進門，就迫不及待地當著傭人的面繪聲繪色地描述了林老爺登門的屈尊之舉。他望著惶恐楞立的兒子得意地說道：「有義啊，這是林家老爺頭回踏上蘇家的門檻啊！」

薰淋過西風欣雨的蘇有義，正在通往藝術殿堂的石階上攀登，陶醉在對未來的憧憬中，雄心勃勃地要從J島的樂壇起程，成為名

揚四海的演奏家。異性崇拜者的包圍沒能遮攔他的視線，何況在她們身上從未發現過一個令他傾倒的音符。難怪他的回答猶如管樂中鼓點般清脆：「阿爸，我不會鑽進用金子築成的鳥籠！」

「鳥籠，什麼鳥籠，」老人沒能聽懂兒子的語意。蘇有義只好直接說了：「我不想結婚，對那位林家小姐沒有好感。」

兒子的話在老人心中簡直是大逆不道，悠悠自得的臉色突然變得鐵青。多年來他很少使用如此嚴厲的家威：「你這個不肖子，上回差點沒把阿爸氣死，」老人又翻老帳了：「阿爸省吃儉用送你去歐洲深造，叫你像林家少爺一樣讀工商管理，你卻瞞著阿爸去唸什麼音樂，整天把功夫用在這四根弦的洋琴上。那是拉著玩玩的，你倒玩得著迷啦。你靠它每月掙回了多少錢？你說，這回你真想把阿爸氣死嗎？呃……」老人氣得全身哆嗦，彷彿一下子墜入了黑乎乎的深井裡，就此臥床不起了。

消息傳開後，碧珍的小阿姨積極地充當了熱心的說客，探望老人的同時又帶來了林家小姐經醫生診斷後留下的處方：「癡情還需情來治。」小阿姨受過良好的現代教育，知道該如何尊重藝術家的個性。她站在蘇有義一邊，動之以情的疏導，例舉藝術史上不少藝術家因遭情緒波動而影響其才華的發揮。從而勸蘇有義及早處理好這件事，免得留下終身的遺憾。別看蘇有義一身洋氣，舉手投足都散發出一股浪漫氣息，血管裡卻流淌著古文化的血液。自小就接受了

父親從唐山帶來的那套倫理習俗，骨子裡是個地道的孝子。眼看孝心和愛情無法兩全，眼看要鬧出兩條人命，他屈服了，用他自己的話，終於鑽進了金築的籠子。林家老爺謝世後，按遺囑劃分，把女兒一份跟掌管公司大權的長子捆綁在一起，可見其用心之良苦。為了參與掌管那份巨大的家業，蘇有義拗不過妻子的慫恿和無休止的攪纏，生活的韻律開始變調了，邁向藝術殿堂的腳步變得蹣跚了，從音符中引發的激情衰退了。他又一次屈服了，擲下教鞭和提琴走進了林氏公司的大樓，坐上了副總經理的位置。從此交響樂團的小提琴席上不見了令樂迷們動情的身影。

當蘇有義偶而偕同妻子和小阿姨出現在市府會堂的聽眾席上時，集中而來的目光，伴著竊竊私語，像一道焙人的光束烤得蘇有義抬不起頭來，這時林碧珍彷彿替換了他的位置，向四座回報以謝幕般滿足的微笑。

蘇有義走到窗前，有意跟老人拉開距離，為的是爭取時間揣摩虛實，尋思應對的辦法。但思維如脫韁的野馬，偏偏逆向而行，奔回廿幾年前的過去，一樁樁往事像電影中的一幅幅有聲有色的畫面，清晰地重現在他的眼前。籠子！蘇有義在心裡發出了無奈的悲嘆：這個令人詛咒的籠子，每次回來就憋得你喘不過氣來。阿爸地下有靈，他會後悔把兒子逼進這籠子裡來的。

小阿姨是這門親事的牽線人，她曾為蘇有義退出樂壇感到惋

惜，後來又被蘇有義在事業上毫無建樹，生活上任意揮霍的行為感到驚訝，但她把這一切都歸咎於不同於凡人的藝術家的氣質。所以每逢聽到倆口子發出不和諧的聲音時，總是當著碧珍的面偏護蘇有義。這回可不同了，走到對方跟前，完全是一付責備的口氣：「有義，你太放縱自己了。阿珍的脾氣你是知道的，千萬別把事情鬧大了，待會你就當著她的面認個錯吧。」

蘇有義愈發感到蹊蹺迷離了，一進門就遭到兩位長者的呵責，這裡到底發生了什麼事？他還未及判明情勢，碧珍就怒不可遏的走了進來。她剛跟公司通過電話，幾經催逼，她的大哥事先答應參加由她精心籌劃的一場對丈夫的圍攻。但剛才秘書卻回話說董事長陪客戶外出了。這分明是蓄意騙人的謊言。大哥的行為更如火上澆油，說明男人都是一鼻孔出氣。她像火山爆發似的朝蘇有義噴口怒嘲道：「你總算還記得有個家，我看你人回來了，魂還留在香港吧！」

出現在蘇有義面前的是那張扭歪了的令人生厭的臉。沒錯，他的魂還留在香港，留在莉莉身邊。這是兩張截然不同的臉，一個白嫩、溫馨而甜蜜，面前的這個由於忿怒而增添了一堆猙獰的皺紋。他厭惡地把身子轉了過去。

「你是在香港談生意嗎？！」碧珍像頭母獅般緊逼著，發出了嚇人的吼叫：「你怎麼不開口！」她惡狠狠地把手中的一疊彩照往桌

上摔去：「不說就能賴嗎？看看你在香港幹了些什麼！」

擲在桌上的照片全是蘇有義在香港的活動紀錄。飯店前分手時莉莉驀然回首往蘇有義懷中依偎的剎那被搶拍了下來，以淺水灣為背景，身著泳衣的莉莉，用足尖朝蘇有義身上逗撒著沙子的情景，連同那嫵媚傳神的眼神也被從容地攝入了鏡頭，還有在蔥綠蒼翠的山野，莉莉站在燒烤爐前，舉起烤好的肉串遞往蘇有義咀前，連同流溢於眼梢眉角的興奮之情都被煞費心機地捕捉進鏡頭，還有挽著腰，露著勾魂攝魄的微笑，跨上皇家遊艇協會的豪華遊艇時的親昵畫面……蘇有義的臉色從驚愕轉為慌怵，一切全明白了。他朝妻子圓瞪著雙眼，這分明是僱用了私家偵探在追蹤他的行跡！這個疑妒成性又心計詭秘的婆娘，他在心裡罵著，同時責怪自己跟莉莉形影不離的日子裡竟然沒有發現任何異樣的跡象。

被碧珍找來助戰的兩個女人，反應雖然強烈，但因年齡和素養不同，表現形式也大相迴異。臉慈眉善的姑奶奶搖頭加嘆息，避開桌上的照片，露出一副傷風敗俗的神情：「有義啊！你走到哪兒誰都知道是林家的女婿，林家待你跟兒子一樣親啊。快五十的人啦，還讓小妖精迷住了心竅，姑媽的臉往哪兒擱啊！」

小姨媽早跟姑奶奶一起審視過這些碧珍花了巨款換來的所謂罪證，但女人們的心理複雜得令人無法捉摸。當她知道影中人原是個芭蕾舞演員時，竟把注意力集中到了莉莉的身材、相貌和風度上，

並立即感受到了外甥女身受的威脅，暗自發出了苦澀的驚嘆：這是個覓遍J島也難有和其相匹的美女。芭蕾是藝術家族中的一枝奇葩，她至今只欣賞過兩次。一次是在英國求學時的倫敦，另一次是在遊歷歐洲大陸時的比利時。回到J島後，她再也沒有品賞到這種音樂和舞蹈溶為一體的享受了。她揣測這個跳芭蕾的影中人必定出身於才貌出眾的家庭。看她那雙修長的腿和那逗弄著沙子的足尖，還有那對傳遞著詩情畫意的眼睛，倘若把它交給局外人觀看，都會誤認為是哪一部電影裡精心拍攝的劇照。蘇有義的懷裡闖進了這麼個女人，是碧珍最大的不幸，除非使出超凡的耐心和心計，決難迫使蘇有義回頭。小阿姨是出於牽線人的責任，才沒有推卻碧珍的要求，更怕對方把事情鬧得不可收拾，有她在場可以起到緩衝的作用。所以急忙朝碧珍使了個眼色，對方那副凶神惡煞的神色實在令人壓懼。為了避免過於傷害蘇有義，她特地放低了嗓音：「碧珍，把照片收起來，有話慢慢說。」她轉向蘇有義：「有義，你是有身份的人，這種事傳開去大家的臉上都不光彩。」

「不光彩，你看他跟這個婊子玩得多光彩！」碧珍的視線一接觸到桌上的照片，眼睛就像著了火：「這個不要臉的婊子，拿了我的錢還嫌不夠，你說，你給了她多少錢？！」

「住口！」蘇有義從碧珍身上雖然從未舔嚐到愛情的蜜露，但他偏偏有一副悲天憫人的心腸，知道如何尊重一個並非所愛的女

人，這是他第一次用怒不可遏的口氣訓斥妻子，而且當著長輩的面舉起了長長的手臂，他將不惜一切代價去維護另一個女人的尊嚴：「住口！我不許你侮辱她！」

「啊，你還護著這個婊子！」眼看溫文爾雅的蘇有義變成了另一個人，碧珍歇斯底里大發作了：「你還學會了舉手打人，我偏要罵，婊子，這個不要臉的窮婊子！」

劈向碧珍臉部的手臂在半空中突然停住了，狂怒中的蘇有義差些失去了理智。他因自己不能為莉莉爭回尊嚴而發出痛疚的喘息，忿怒和痛楚使他凝聚了滿眶的淚水，在三個女人的圍攻下，他只能選擇立即脫身的出路。拿起桌上的照片向門口走去。碧珍衝了上來，邊爭奪照片邊威脅道：「把照片放下，你休想白白便宜了這個婊子！」

蘇有義忿然扭身掙脫了對方的攔阻，碧珍乘勢倒了下去。蘇有義被自己的粗暴嚇了一跳，當他發現對方是佯裝被推倒而捶胸頓足的醜態時，投下卑夷的目光，邁開大步向外走去。這時傳來了姑奶奶和小姨媽的喊聲：「有義，你別走。」

「回來，有義！」

碧珍一骨碌爬了起來，她的視線正巧踫上沙發上的提琴，就像見到了什麼招災之物，舉起它狠狠地朝蘇有義的背影擲去，提琴偏擊在門框上，發出了揪心的碎裂聲。蘇有義駭然止步時，又傳來了

撕心的叫罵聲：「讓他走，他只會用林家的錢在外面養婊子！……」

　　這陣聲嘶力竭的辱罵像一支支利箭從背後射向蘇有義，舊的傷口還未舔淨，又給他以無地自容的一擊，恍惚而逃的蘇有義險些跕跌在花園的台階上。踉蹌地走出了大門後，在他模糊的記憶裡，剛才進門時還隱隱地出現過一絲愧意和不安，現在全被這陣辱罵聲沖盡了。剛才還是洶湧翻騰的心海，現在竟變得出奇的平靜。蘇有義彷彿突然從長夢中蘇醒了過來，望著這幢熟悉的宅邸心裡喃喃著，從今以後，為了自己和莉莉的尊嚴，再也不會踏進它的大門了。

幻鄉

　　碧珍的大哥既有經濟頭腦又富於開拓精神，所以老太爺在世時就已成了林氏家族的重要決策人。他對小妹的這門親事原持冷漠態度。在他眼裡，凡迷上藝術者全是些感情過剩，生活懶散，處事無術的人。憑那把提琴和一腦子音符怎能為林家共展宏圖。後來他發現蘇有義酷似其父，是個心無芥蒂、脾氣溫順的人。轉而認為被全家慣壞了的小妹配上蘇有義可能是合適的一對。婚後的事實証明了他分析的正確。他們這一對是林氏大家族中唯一的無浪小區。至於在商務活動方面，蘇有義進入公司後，凡是他經手的項目，十有七八不是被對方當作過河之橋而半途變卦，就是以賠本告終。蘇有義那種處處以情面重於競爭的處世準則，就像他那堂堂的儀表，給林氏公司帶來的唯一好處是替它增添了知名度。J島內外早就戲言頻傳：缺錢花，找有義，想做無本買賣，去求林家駙馬。好在公司在發展，做生意總是有賺有蝕，而且對蘇有義規定了權限。把他派駐歐洲更是董事長的高招，那裡的商場上章法齊全，都是些老客

戶，既配蘇有義的胃口，又出不了格。始料不及的是，這個無浪小區，現在突然刮起了滔天大浪，過去從未聽到過有關蘇有義的艷聞，因此感到格外驚訝，隨後便哈哈一笑，頓悟到拈花惹草原是男人的本性，謙謙君子豈能例外。只怪蘇有義不諳此道，做得過於外露。又怪碧珍的脾性過於乖戾，聰明的女人最好是睜一眼閉一眼，學會套住她那匹漂亮的公馬。花錢拍下這些照片何用，想作為證據鬧離婚嗎？天天看著那個超級美妞想把自己氣死嗎？他當然不會糊塗到去介入這場由女人們策劃的圍攻戰。但碧珍的壞脾氣是出名的，他只能採取迂迴曲折的辦法去平息這場不足掛齒的風波。示意蘇有義快去歐洲，碧珍一方交給小阿姨慢慢開導。分手前，他拍拍內弟的肩膀關照道：「有義啊，你該解纜了。千萬別再遛去香港，那裡有阿珍的耳目！」

蘇有義走出家門時，像條被人戳了一刀後的寵物，帶著劇痛逃離豢養所的感覺。現在站在公司高聳的大樓前，完全失去了以往的神采。跟比肩而立的董事長默默分手時，發現自己竟是如此的卑微。他懷著忍辱負重的心情鑽進了駛往機場的轎車。

向西飛行的班機上，一路追趕著落日，飛機降落時，歐洲上空已經閃爍著一片燈海。踏上這塊熟悉的土地，蘇有義有在歐洲的酒吧高凳上才能領略到的那份特殊的情調。他像個身遭重創的獨行人，默默地舔著受創的傷痛。廿幾年前，林家在一夜之間把他拽進

了豪富之門，從此生活在豪奢的彬彬有禮的恭維聲中，又為他提供了不問業績放手花錢的殊遇。是碧珍的一聲驚雷般的辱罵撼醒了他的靈魂。忿怒過後接踵襲來的卻是無窮無盡的羞愧。他感到對不起林家，更對不起碧珍，讓她錯愛了一個貌合神離的男人。使他們成了世界上最可憐的一對。碧珍生活得並不幸福，自己離開了林家後出路又在哪裡？當他瑟瑟發抖地歡嚼著愛情的野果時，發現自己正陷入一片難以自拔的沼澤地。他冀望著有雙強有力的手給他以幫助。他想到了遠在天涯又近在咫尺的莉莉。情不自禁地從外套裡取出了那疊照片。影中的莉莉把他的思緒一下子帶回到香港。整個晚上他翻來覆去的凝視著，重溫著浸沉在愛河中的那些日日夜夜。同時閃現出一個怪異的感覺，他真要感謝那個可恨的私家偵探，多麼高超的技藝，對方彷彿不是受僱去偷隱私，而是刻意捕捉和創造一幅幅人體藝術的語言……這個歐洲之夜對蘇有義顯得分外漫長，一會兒墜入蕩人心魄的回憶，一會兒又轟然響起了那把提琴的碎裂聲，它曾像愛侶般陪伴自己在這裡渡過了學生時代，每一次轟響都會引出他一陣追悔莫及的長嘆。當年不離開樂壇的話，重返歐洲時他拎的將是那把相依為命的提琴，而決不是袋裡那張林氏公司的名片和虛有其表的密碼箱。現在只好觸撫著老繭早退的手指，讓悔恨像小蟲般食著自己的心。半夜時分，他按捺不住對莉莉的思念，拿起話筒拔通了越洋電話：「莉莉嗎？我是有義。」

「啊，蘇先生！」話筒裡響起了莉莉壓低了的歡顫聲：「我好想你啊！」

「莉莉，我在歐洲給你打的電話。」

「你剛回家就走，太太不發脾氣嗎？」

蘇有義頓時言塞，心跳突然加快。話筒裡又傳來思之如渴的聲音：「蘇先生，你走的那天夜裡我做了個夢，嚇死我了。我被浪卷到外海，好險啊，我拚命的呼叫你⋯⋯蘇先生，你怎麼不說話，你想我嗎？」

「莉莉，分手後我一直生活在回憶裡。」莉莉的夢使蘇有義想起在海邊游泳的情景。泳術不高的莉莉逞能地表演水上芭蕾，一個浪把她卷翻了身，他趕緊迎上去，莉莉嗆咳著緊抱住自己不放。這剎那竟然也被那個私家偵探攝入了鏡頭。蘇有義禁不住哈哈大笑：「莉莉，這是水上芭蕾給你帶來的夢。」

「你還在取笑我，蘇先生，你幾時來香港？我再表演給你看！」

「這裡有許多事等著我辦。」蘇有義為自己的謊言感到臉上開始發熱：「我，我在歐洲要住一段時間。」

「那好啊，我參加去巴黎的旅遊團，我到歐洲來看你。」

蘇有義被萬里之外的聲波烤得渾身燥熱，一時答不上話。他剛從一片責備加辱罵的女性嗓音中逃脫出來，現在灌入耳膜的是令他心醉的嬌責聲：「蘇先生，你不歡迎我嗎？放心，我不會給你添麻

煩的。」

積鬱在心中的憂悶和孤獨全被莉莉的聲音拂去了，受傷的心燃起了熱切的期望：「來吧，莉莉，到時我去巴黎接你。」

心繫歐亞兩地的情話談了足足一個小時，莉莉突然呀的一聲：「我媽媽回來了。蘇先生，你該休息了。」

林氏公司設在這裡的辦事處，為了拓展歐洲市場，聘請的都是歐洲籍僱員。蘇有義深悉番佬的脾性，從不窺探他人的生活隱私，這裡完全不同於香港，莉莉來歐洲幽會，蘇有義有種安全感。盼了三個星期，蘇有義終於在巴黎機場接到了孩子般興奮的莉莉。按旅遊團的規定，全程十二天，觀光的景點排得滿滿的。莉莉早跟導遊說定，一到巴黎就離隊自行活動，返程前在約定的地點會合。走出機場就跟蘇有義比翼雙飛了。蘇有義是歐洲通，關係多，辦事便捷。他為莉莉的到來煞費苦心地選定了獨特的旅遊路線，倒過來把巴黎留在最後觀光。第一站是奧地利的威克豪地區。他們乘坐華麗的遊艇，沿著風景如畫的多瑙河，瞻望一座座歷史悠久的古堡，外表雖不華美，卻有著哥德式的穩重。他要讓莉莉一跨上歐洲，就呼吸到這條孕育歐洲文明的母親河的氣息。多瑙河，藍色的多瑙河，莉莉心中蕩漾起早在芭蕾舞校時就已聽得嫻熟的這首幽揚的樂曲，望著清澈的河水在心裡歡叫著：「啊！多瑙河，我投到你的懷抱裡來了！」沿岸的一景一物都觸動著那敏感的心弦，臉上浮現出一個

接一個引人注目的驚嘆號！她對景物如醉如迷的投入，強烈地感染著同船的遊客，追隨她的目光想分享莉莉的那份歡悅。第二天他們來到了音樂之都維也納。金秋時分，小樹林像被晚霞染過似的，極目望去，一片絢爛歡暢。這裡正在上演歌劇《卡門》。這座充滿古典韻味的劇院，是人們心目中的藝術殿堂。莉莉第一次親睹如此神情專注的觀眾。他們既是藝術的知音又是它的朝聖者。出於自小養成的習慣，莉莉總是懷著一顆虔誠的心走進任何一座劇場，只要是舞臺，她就會隨著臺上的人物進入角色。從啟幕到劇終，她的眼裡始終閃爍著被劇中主人翁的命運而激起的淚花。返回飯店時夜已深了，莉莉和蘇有義默默而坐，讓感情的餘波在胸中迴盪。

歐洲，在莉莉心目中，這片遙遠和孕育出無數藝術家的土地，它總是跟舞校裡的那位老師聯繫在一起，她是在歐洲學的古典芭蕾，並且登臺表演過。在課堂和排練廳裡，她嚴肅得像個聖女，在生活中又寬容得像個慈母，雖然她終身未嫁。大陸的舞蹈界都知道她的名字和藝術成就，稱她是中國芭蕾的先驅，獻身藝術的典範。但她從不炫耀過去。文革時從她住所搜出了好多在歐洲的留影和劇照，造反派和紅衛兵把它作為留戀西方的罪證進行批鬥，猝死在舞校的小舞臺上。莉莉是被芭蕾舞團的造反派勒令前去參加批鬥會的。從此這幅殘酷的場，就像浮彫般鐫刻在她的心靈上。每當莉莉感受到幸運女神向她靠攏時，這幅浮雕就突然現在眼前。因為

正是這位老師選中自己搬進舞校的，又在她的精心培育下成長為名列前茅的尖子。莉莉來到歐洲後，日夜處在夢幻般的遐想中，她為自己是夥伴中第一個踏上歐洲大陸的幸運者而慶幸，但這幸福總攪拌著一般刻骨銘心的憂傷。她向蘇有義傾訴著隱秘的心聲：「這幾天我好像生活在夢裡，蘇先生，我不明白，世界上為什麼總會有這麼一些人，他們要把最美的毀滅掉？」她望著對方定睛凝注的神情：「蘇先生，你有心事？」

「喔，我……」蘇有義支吾著。這幾天他經常思考著跟自己命運有關的大事。這事從他離家出走時就開始萌動了，莉莉的到來使它變得愈發強烈了。

莉莉覺察到蘇有義這次不像在香港時那般豪放，隱約地流露出一閃即逝的不安和恍惚，她敏感地誤認為可能跟自己過於主動有關，對方是否有什麼難言之隱。她試探著問道：「蘇先生，我來歐洲沒給你添麻煩吧，你幸福嗎？」

「幸福！莉莉，跟你在一起是我一生中最大的幸福！」

莉莉的臉上露出了滿足的笑容，同時閃露著狡黠的眼神：「蘇先生，我是問你的家庭生活幸福嗎？」

這是莉莉第一次問及他的家庭，聽似漫不經心，卻包含著深切的關懷和另一層弦外之音。蘇有義把千言萬語化作一絲淡淡的苦笑，反問道：「你呢？莉莉。」

「我太傻了，認識你以前我根本不懂得什麼是真正的愛情。」莉莉說的是真實的感受。她主動的去找瑞根結婚，完全是出於一種說不清理還亂的動機。瑞根是個好人，瑞根疼她，她也疼瑞根，但這不是愛情。瑞根過於內向，他們缺乏共同語言，她們間從來未燃起過熊熊的愛情之焰。從她投入蘇有義的懷抱，渡過共枕之夜後，決心就下定了。已經多次去信提出離婚，並且正式請了律師。瑞根早已同意，唯一的條件就是堅持要把貝貝留在身邊。為了貝貝的歸屬才拖到現在未能辦成。想到貝貝，莉莉的眼圈發紅了：「蘇先生，我跟你說過我的身世太不幸了，偏偏又被老師選去學芭蕾。」

莉莉的話使蘇有義感到一種祈求和依托的熱望，為了在莉莉前證實自己是個頂天立地的男子漢，他霍地站了起來，神情莊重得像發表重大的宣言：「莉莉，請相信我，我也不再是個傻小伙了。我能夠站起來對自己的行為負責！」

莉莉被對方肅然而立的神情驚呆了，她知道蘇有義誤解了自己的意思：「蘇先生，我知道你幫助我的時候，心裡從沒想過要索取什麼回報，是嗎？肯定是的。我願意接受這種純真的愛，我也從沒想過要做為難你的事。」她突然撲進蘇有義的懷裡：「我愛你，你是世界上最懂得愛的男人！你別為我操心，我在夜總會賣藝，可我時時記住老師獻身藝術的精神，我要靠它過真正獨立的生活。我正在

辦離婚手續，在精神上我已經是個自由人！」

蘇有義的臉驀地漲得通紅，這是個多麼敢愛的女性啊！在坦誠而熾烈的莉莉面前，他無法掩飾自己的羞愧：「莉莉，讓我好好看看你，你是個能夠帶給別人勇氣的人！我正想跟你商量一件重要的事。」

「什麼事？」

蘇有義欲言又止：「這件事太重要了。我剛開始聯繫，等有了確切的把握，我再告訴你。」

「那麼神秘，比你的生意還重要？」

「莉莉，你很快就會發現的，我根本不具備經商的頭腦。太可怕了，這幾十年，上帝把我的靈魂錯放進了另一個軀殼裡。」

「蘇先生，你怎麼突然變得這麼傷感？」莉莉望著蘇有義潤濕的眼睛：「我早看出你有心事！」

「是的，你幫我撿回了過去的夢。莉莉，你給了我力量，促使我下決心把靈魂重新放回自己的軀殼裡。」

「你今天怎麼啦？蘇先生，我不懂你的意思。」

「等我把真相告訴你時，你就明白了。」

維也納之夜，蘇有義終於勇敢地向年輕的莉莉敞開了心靈的門戶。遊歷了奧地利他們來到了瑞士，登上了著名的大雪山，頭頂雲霧繚繞，時雪時晴，俯視人寰，湖泊點點，如履仙境。然後他們折

回巴黎，瞻仰了巴黎聖母院，流連於羅浮宮的藝術珍奇，凡爾賽宮的雍容富貴和塞納河畔的綺麗風光。蘇有義既是嚮導更像個老師，滔滔地向莉莉詳盡的講述產生這些藝術珍品的時代背景，又該如何去欣賞那些藝術大師的表現手法。莉莉驚嘆道：「蘇先生，你對雕塑和繪畫也這麼精通，你裝滿了一腦子的藝術，經商的學問當然塞不進去了。」

蘇有義開懷大笑起來：「莉莉，你也學會取笑我了。我學的是音樂，藝術是我的靈魂，你應該為我慶幸，從今以後，我的靈魂再也不搬家了！」

最後他們來到了街頭藝術家聚集的那條小街，這裡有衣衫欠整但神態傲岸的小提琴演奏者，還有三人組成的狂放的吉普賽人小樂隊。更多的是身後豎著展示各種流派畫的街頭畫家。蘇有義懷著敬重的口吻說道：「這是條愛好藝術的旅遊者必逛的小街，不少著名的畫家曾在這裡設攤出售過自己的畫作。」他指著那些凝神作畫和昂首挺立著等候光顧的街頭畫家：「他們中間有人將會從這裡走向世界！莉莉，你現在體會到了吧，不管他們處境如何，藝術的追求者始終是驕傲的！」

莉莉的歐洲之旅，每到一處都增強了她對藝術的尊崇和對以往歲月的聯想。她時時發出驚訝的問號，腳下這片土地，就是在半個世紀裡連續遭受過兩次大戰浩劫的歐洲嗎？！除了刻意保存的遺跡

外，莉莉從書本上看到的有關戰爭的創傷早被抹去。那些劫後幸存的藝術珍品又再重閃光芒，連街頭的雕塑也恢復了原樣，而濱江市零星的那點樓頂雕塑，在莉莉的親眼目睹下，不是毀於炮火，而是在鐵錘和鑿子的搗擊下毀於文革初的一夜之間，並被譽為盛大的節日。這裡的藝術家不但在大劇院裡受人尊重，流落街頭的賣藝人也能贏得人們理解的目光。歐洲之旅使莉莉感到自己的心靈跟舞校的那位老師更靠近了。而且身邊還有個保護神般伴隨著她的蘇有義，她感到無比的幸福，她預感到這是她人生旅途中的又一個起航站。她依傍著蘇有義時而駐足凝注，時而轉身回眸。而蘇有義對演奏的賣藝人總是躬身往他們的盤裡投入錢幣。從街頭逛到街尾時，一個頭髮銀白的老人突然捧著剛剛畫就的速描迎上前來，當莉莉剛出現在街的那頭時，就把這個老藝人吸引住了，在短短的廿分鐘內就畫出了這幅傳神的作品。老人顯出一副自我欣賞的滿足感，把它捧獻給莉莉。莉莉驚喜地讚美道：「啊！真是個神秘的畫家！」

老人接過蘇有義手中的錢幣，用英語讚美道：「小姐，你美極了！」

莉莉的英語恰好能聽懂和表達這些常用語，她捧著畫露出迷人的微笑：「是夫人！」她靠上蘇有義的胸脯，微昂著臉朝他投出了調皮和挑逗的眼神。

蘇有義感到有股溫馨的暖流在胸中迴蕩，老人朝他們友好地眨

了眨眼，投出了驚羨和祝福的目光：「渡蜜月，巴黎伸開雙臂歡迎你們！」

五色繽紛的巴黎之夜降臨了，今晚蘇有義準備向莉莉公開思謀多日的決策。為了給自己增添足夠的勇氣而多喝了幾杯。飯前他跟遠在加勒比海附近的島國又通了次電話，談妥了需要落實的全部情況。事情是這樣的：他有個南美藉的同學在那個島國開了間小型歌舞廳，去年曾邀他前去一遊。歌舞廳設在倚山面海的旅遊點，風景綺麗，環境幽靜。主人為了拓展業務想進行擴建，希望蘇有義投資這項雄心勃勃的計劃。蘇有義對同學的事業表示讚賞，但考慮到相隔遙遠，公司又從不參與這方面的經營，若向公司提出建議，肯定會遭到董事長的反對，說他經不起抬哄，又想往朋友的口袋裡擲錢了。只好另覓機會私下幫對方一把。莉莉來歐洲後，那個同學的建議突然變成了照亮他希望之船的一盞明燈。那是個再好不過的遁世避俗的隱居地，只要莉莉同意，他們可以辦理投資移民。蘇有義向莉莉展示這個計劃時的神情，就像雙手高擎著愛情的聖火：「莉莉，讓我們一起去創建新的生活，我拉琴，你跳舞，我們還可以招收學生，那裡將會成為我們的伊甸園！」

莉莉的眼睛睜得大大的，蘇有義憋了多日私下謀劃的竟是把一切置之度外的這個行動。她不由自主地脫口驚問道：「你是說讓我們一起私奔？！你，你……」莉莉望著蘇有義無比激動的神態，聲

音突然變得顫抖了：「蘇先生，你的酒喝多了！」

「不，莉莉，是你給了我真正的愛情和幸福，我的決心已經下定了。」蘇有義取出了那疊照片：「你看，她僱了私家偵探跟蹤我們，拿它來凌辱我們，我的腳再也不會跨進那座羞辱過我的房子。那裡的一切全是別人的。莉莉，是你給了我出走的勇氣，幫助我吧，我要用琴聲去創造未來。莉莉，幫助我把靈魂放回自己的軀殼吧！」

莉莉吃驚地翻看照片，腦中又浮現出強加給她的那場被辱的情景。想到這個盛氣凌人的富婆花錢買看了這些照片後的妒狂相，臉上禁不住掠過了一絲得到報復後的快意。當她接獲到蘇有義淚光閃閃的目光時，足以証實他遭到了難以言狀的傷害。頓時對全身像被糖衣包裹起來，其實並不幸福的蘇有義產生了強烈的同情：

「有義！」莉莉自己也說不清怎麼會在這個時刻突然改變了稱呼。她從未想到蘇有義也有不幸，也需要同情和幫助，在蘇有義跟前從來就習慣接受關照和愛撫的莉莉，熱烈地抱住對方：「有義，我愛你，我聽你的！」

「相信我，莉莉。」他們緊緊地擁抱著：「到了那裡幾年，不，一年就夠了，我就去辦理離婚手續。我要給她一個感情上的過渡期，讓她把我忘掉，我不忍心傷害她。莉莉，請求你理解我，原諒我的自私。」

莉莉鬆開了雙臂，久久地凝注著對方，接著又投入了蘇有義的懷裡：「不，你不是自私的人。有義，我理解你。」莉莉的心裡交織著緊張、興奮和恐懼：「我得回大陸走一趟，把貝貝帶出來。」

「當然，她是我們共有的孩子，我們要把她培養成舞蹈家！」蘇有義表現了從未有過的自信和魄力：「那個同學負責替我們辦理移民投資手續，估計幾個月就能辦成，到時我去香港接你們一起出發。」

「那裡的中國人多嗎？」莉莉看到蘇有義整個心身都沉緬在對未來的憧憬中，反而促使她變得冷靜了：「萬一不順利的話，我們還能回香港嗎？」她自信在香港已站穩了腳跟，最近她每晚趕集似的在幾個夜總會獻藝，收入甚豐，攢下了一筆可觀的存款。

「莉莉，藝術是不分國界的，音樂和舞蹈是人類共通的語言。」蘇有義彷彿已經抓住了迷人的莉莉：「莉莉，我把擴建後的歌舞廳的名字都取好了。」

「叫什麼？」

「幻鄉！」蘇有義露出了孩子般神往的目光：「藝術的故鄉！夢幻的故鄉！我們不招聘出賣色相的陪酒和伴舞女郎，我要把它辦成一座高雅的藝術沙龍！讓各種膚色的心靈在幻鄉裡自由飛翔，讓疲憊的流浪者在幻鄉裡得到撫慰，讓受創的靈魂在幻鄉裡撿回失落的夢……」

莉莉被陶醉了，站在她面前的是個才情洋溢的藝術家的蘇有義，她突然仰身退了一步：「讓我好好看你！有義，你是我心目中真正的藝術家！」她癡迷地一頭撞進了對方的懷裡：「啊，幻鄉，多麼迷人的名字，等到開張那天，你把剛才說的向來賓們再說一遍。」

　　「會的，莉莉，我還要用琴聲表達對他們最真摯的感情。」

　　巴黎分手時，莉莉和蘇有義都有一種把生命的一半交託給對方的感覺，只有在一起時他們才是完整的，他們祈盼著這一天的早日到來。

殘缺的故鄉夢

　　都説沉默是金子。但守口如瓶的余瑞根返回老家後，在左鄰右舍們眼裡卻變成了糞土，成了人們在其背後指指戳戳的落魄漢。回車間報到那天更成了全廠的特大新聞。都説人往高處走，水往低處流，多少人白天打盹時都在做著出國的淘金夢，余瑞根的行為就像逆向倒行的怪物。同是大陸生，又在同廠進出了十幾年，頃刻變得陌生而不可理解，那目光比香港人看大陸仔還增多了幾分複雜性。那些無處不在專以窺揭他人隱私的趨勢之徒，過去他們的觸角和嗅覺突出於階級鬥爭新動向，現在一百八十度轉彎瞄準了他人的財物。他們對余瑞根兩手空空的回來發揮了神奇的想像力。為他編織了許多不同版本的故事。廣被人們接受的是這一個：跳芭蕾的鳳凰找到了腰纏萬貫的親生父母，在他們眼裡，女兒的婚姻猶如一朵鮮花插在牛糞上。鳳凰要攀高枝，這是天經地義的事，余瑞根只好啃回頭草，分手的條件是得到了筆巨款，技術標兵加勞模的余瑞根怕露富，把錢存在香港的銀行裡。

廠裡的宣傳處長態度斷然不同，這個老宣傳認為余瑞根的重返大陸，裡面大有文章可做。親自授意余瑞根現身說話，在午休的廣播中，揭露資本主義制度外璀內朽的本質。為了突出四個堅持和貫徹物質、精神一起抓的精神，還特地請來了專寫報告文學的作家，通過對方向報社買下了副刊的版面。這些都是余瑞根去港後萌發的新事物。時隔一年多，重返大陸時就像一頭撞進了迷霧裡。面對人們怪異的目光，他可以做到視而不見，閑言蜚語他可以充耳不聞，叫他對著話筒現身說法，簡直比勒令他上臺挨鬥更可怕。這還不夠，竟然驚動了什麼作家，自己的名字還要見報。天啊！一個香港人眼裡的大陸仔重返家園，怎麼就招來這麼多躲不開抖不掉的麻煩。當處長在辦公室裡專門為他騰出一個空位，叫他暫時脫產伏案書寫有血帶肉的材料時，一連數日，余瑞根如坐針氈，兩眼發懵，一個大字也沒擠出來。當處長領著他走進貴賓接待室會見那位西裝革履的作家時，他早已急出了一身冷汗。處長為了表示敬慕，當著余瑞根的面再次恭維對方是個得過各種獎的著名作家。余瑞根聽了更是誠惶誠恐地大氣也不敢出一口。那個作家穩穩地坐在大沙發上，抬了抬眼皮，示意余瑞根坐下，接著便掏出剛入國門的過濾咀香煙，隨著噴出的煙霧劈頭問道：「聽說你的太太沒有一起回來，她是濱江市有名的芭蕾舞演員。你先說說，你們是怎麼認識，又是怎麼結婚的。去了香港你們之間是否發生過什麼分歧。說得愈詳細

愈好。」

對方掏出筆記本時，余瑞根就緊緊地閉上了嘴。暗自思忖，看他那副穿戴和口氣，倒像是遇上了一個陌生的港客。處長眼看余瑞根久久不張口，連忙啟發道：「瑞根同志，不要有什麼顧慮，作家了解得愈多，寫得就愈生動。」

提到小齊和他的家庭，余瑞根的心一下子收緊了，嘴巴也彷彿上了鎖，任何人都別想從他嘴裡撬出個有損莉莉的字。第一次接觸以難堪的沉默告終。兩天後的夜裡，這個兩眼朝天的作家居然踩進了余瑞根的門檻。余瑞根為了掙脫這份揪心的苦役，已經整整揣摩了兩天兩夜。他是為了維護自己包括小齊在內的尊嚴才悄悄回來的。這裡原是一戶不被要人名人們關注的角落，現在何以變成了人們注目的焦點，非要闖入他心靈的禁區呢。一連串誘發他打開心扉的舉措引起了他的警惕，作家的造訪更使他產生了自衛的敵意。這回對方的語氣變得有禮貌了：「余師傅，你們廠領導很讚賞你的行動，到底是勞動模範，不愧是工人世家，思想有根基。」接著話鋒一轉：「聽說你的岳父是個大資本家，他開什麼公司，叫什麼名字，有他的名片嗎？給我看看……」

別看余瑞根不時靜如處子，觀人察色的本領並不遜於他人，任你頭上頂著真的還是虛的桂冠，那副德行就令他大打折扣。他既不倒茶也不接口，他不會敷衍不受歡迎的不速之客。對方只好把

視線移到正在一旁搗弄玩具的貝貝：「小朋友，你長得真漂亮，告訴我，你在香港住的是不是好大好大的房子？出門是不是坐小汽車？……」

對方的話以及那副時而故作深沉，時而故作狂放的醜態，令余瑞根起了一身的雞皮疙瘩：「貝貝，到裡面去。」余瑞根明顯的在下逐客令了。

「余瑞根，你肯定沒有看過我的得獎作品。」對方一臉遺憾的表情：「工廠太閉塞了。因為我題材抓得準，市領導親自寫信表揚過我，報上特地發過消息。」他聲調一轉，一下子提到了大師級的口氣：「實話實說吧，別人擺上茅台，擺上山珍海味，我還得看看對方是什麼級別哩。余師傅，我是選中了你這個濱江市的典型。不懂？讓我告訴你，芭蕾舞演員跟工人結合，我敢說全世界就你們這一對，去了香港又回來，工人中數你第一個，這就叫典型。正合報紙的胃口，怎麼寫就全靠我了。你別錯過了出名的機會。」

對方的言行跟余瑞根想像中的作家完全對不上號。簡直像個下三路的捆客。余瑞根也有被迫站起來維護自己尊嚴的時候，他攤開厚實的雙手：「我是當工人的料，只知道靠這雙手掙飯吃。胡里花俏的事別來找我。你走好。」

余瑞根原以為只要回到了老家，就像顛簸欲傾的小船駛返了平靜的港灣。老家是他溫馨的搖籃，是他心目中的避風港。誰能預料

到，離家一年多，還是過去的那個余瑞根，但在別人眼裡變成了另一個人。什麼現身說法，什麼作家專訪，一回到家門，就惹得他神志恍惚，片刻不得安寧。街坊的面貌如舊，老家的溫馨卻再也無法尋覓了。這使他回想起香港的木屋區，深深地懷念起淳厚的林伯。還有那個說來就到，說走就沒影的兜售「虎鞭」的崔德發，雖然狡黠而粗野，但心胸袒坦，放量的喝上幾大杯，歡笑聲能把木屋頂掀翻。如今這一切只能在回憶中重現了。這時貝貝嚷著要洗腳睡覺，余瑞根連忙走進浴室端出了澡盆。貝貝搓腳的嬉水聲，把余瑞根拉回到現實中來。趕走了廠領導請來的作家，等於斷了自己的退路。一旦逼急了，余瑞根總把事情推向極處，眼中只看到兩條路，屈從還是拒絕。他毫不猶豫地選擇了後者，大不了回家擺銅匠攤，自信憑著這雙手，貝貝決不會吃西北風。決心既定，他的心一下子變得踏實了。第二天一早，他回到車間向頭頭講明原因後，態度堅硬如鐵：「我是回來幹活的。幹嘛叫我掏心掏肺耍嘴皮！要，就留下，不要，我就回家！」

車間主任對余瑞根的回廠，就像飛失的工蜂回到了舊巢。最近廠裡來了幾個高鼻子藍眼睛的美國人，過去對美國佬罵得最兇，這回他們恰恰來得最早。不久前剛簽了一批加工出口的零部件，車間正在為技術力量發愁。看到余瑞根一付寧折不屈的倔勁，連聲撫慰道：「瑞根，我早料到他們耍嘴皮子找錯了對象。這裡急得像火鍋

上的螞蟻，他們卻揪住你不放。現在你自己跑回車間來，事情就好辦了。上面由我去對付，你這就回工段，美國人的這批貨實在不好對付啊！」

當年余瑞根被工宣隊驅出芭蕾舞團回廠時，撞上的也是這個至今沒挪過位置的頭頭。對方從袋裡掏出了一張報告紙，朝余瑞根揚了揚：「你看，揭發你的材料比你到得還早。」他當著余瑞根的面一撕了之：「想當官的都爭著奪權去，車間裡就盼你回來抓生產。」前事記憶猶新，這回余瑞根出於同樣的原因又一次爭回了自己的尊嚴，他心裡很明白，這全靠自己那雙靈巧的手。

美商駐廠的幾個檢驗員，平素擠眼聳肩，常跟工人們打啞語取樂。但一進車間就兩眼發直，圍著工段不停的轉圈，嘴裡咕嚕著對翻譯直發吼，成了處處挑刺的對頭。余瑞根重返工段長崗位後，情況迅速得到了改觀，整個工段秩序井然。車間是他施展才能的舞台，他朝工作台前一站，就能感受到令人亢奮的順暢的節奏。整個工段，是鐵必光，是銅必亮，余瑞根不僅見縫插針地指點伙伴們的操作，自己幹活時那付全神專注的神采，引起了美國佬的刮目相看，翹起大拇指用剛學會的一句中國話誇獎道：「頂好！」放心的喝他們自帶的啤酒去了。

洋人的誇讚當然令余瑞根高興，在他幼小的心靈裡，他爺爺，他父親在洋人手下幹活時經常帶著這種心情回家的。但他看得更重

的是，從他手中出去的產品，包括整個工段全部合格時，他感到這才是最高的獎賞。每天下班後，他正是懷著這樣的心情小跑著趕去幼兒園接貝貝。往常趕到時，孩子們大多已被家長接走，余瑞根幾乎總是最後一個到達。因為下班後，他還得四處巡視一遍，順帶清理一下車間，這已成了他額外的義務和職責。所以每次遇上園長總是一鞠躬，臉上總是掛著歉意的笑容。今天有點意外，全園的孩子剛走出大門，貝貝老遠就看到他，歡奔著朝他跑來：「爸爸！爸爸！」貝貝的手裡緊捏著一張一次成影的彩照：「爸爸！你看！」

余瑞根接過一看，照片中的貝貝雙手展裙，依在一個洋老太太的膝前，他驚訝地問道：「幼兒園怎麼來了外國人？！」

「老師說，她們是美國老奶奶！」

原來隨著國門的漸啟，富有而好奇的美國人也成了這裡最早的旅遊客。濱江市缺少名勝古蹟，不管能否迎合外來客的遊興，對老人來說，參觀幼兒園也算是個回味童趣的日子，難怪那位合影的洋奶奶笑得眉飛色舞。但余瑞根卻毫無笑意，反以微責的口吻說道：「貝貝，爸爸跟你說過多少回了，叫你別上臺跳舞！」

貝貝嘟起小嘴抗爭道：「為什麼不讓我跳，老師都說我跳得最好！」

余瑞根無奈地嘆了口氣，責怪自己掃了孩子的興。把手中的雪糕遞給貝貝：「你跳累了吧，讓爸爸揹你一會。」

貝貝吮著雪糕邊跳邊回答：「不累，老師叫我好好練，下個月要跟好多好多幼兒園的小朋友比賽哩！」

下班後接貝貝回家的這段路是余瑞根最幸福的時刻，今天卻有說不清的鬱悶，回到家裡看到貼著英皇頭像的信封，他的心就禁不住打顫，這是莉莉的來信，準是又催他辦理離婚手續。他早就答應了啊，唯一的條件是貝貝必須歸他撫養。貝貝是他承受一切屈辱和辛酸的力量源泉，也是他生命旅程中為之拼搏的依托。他拆開信呆呆地凝注著熟悉的筆跡。貝貝爬到了余瑞根的膝上：「爸爸，是姆媽的信嗎？小慧的奶奶從香港給她帶來好多衣服，她天天穿不一樣的裙子，可漂亮啦。姆媽怎麼還不回來，叫姆媽也帶好多好多衣服給貝貝。……」

余瑞根放下信紙，他的心顫抖得厲害。他只記住了信中的一句話。莉莉將於下星期來濱江市和他面談。貝貝盯著余瑞根「爸爸，你怎麼不說話！」她拿起桌上的信，學著大人的樣一本正經地翻過來倒過去地看著不識一字的信：「爸爸，姆媽想貝貝嗎？」

余瑞根點著頭，眼裡飽含著淚水。這時廚房裡傳來了余瑞根嫂子的聲音：「貝貝，別纏你爸爸，快進來吃點心。」隨著一聲壓低了的嘆息，又傳來了關切的聲音：「瑞根，今晚別做飯了，等瑞祥回來一起吃吧。」

沉默，令人窒息的沉默。

骨肉之爭

　　莉莉興高采烈地趕上第一批出境潮移居香港後，像個飄泊不定的遊子，無論走到哪裡都缺乏一份堅實的回歸感。現在重返濱江市，目睹這座親切又給她以創傷的城市，怎不叫她百感交集。特別是想起離去時許下的心願一件也沒實現，真想躲起來痛哭一場。當時排在首位的心願是要為自己爭回被殘踏的尊嚴，一旦獲得炫目的成就，定要重返芭蕾舞團驕傲地走一回，然後要向培養她成長的芭蕾舞校回報一份厚禮。還要讓那些知心的姐妹們分享她的幸福。如今卻是孤零零靜悄悄地回來了。她雖然在夜總會裡攢下了令大陸人羨慕的錢財，光腕上的手錶就值數萬港幣，但身為芭蕾舞演員，她知道金錢和成就並不能劃上等號。何況她是回來辦離婚和帶貝貝出去的，所以更加不敢張揚。在港時她就聽說濱江市有了不少變化。最觸目的是那座全國聞名的濱江飯店居然也向遊客開放了。過去它是座門衛森嚴，專供高官和外國貴賓活動和下榻的禁區。莉莉特意選上它作為落腳點，除了獲得心理上的滿足，還有一般以賓客身份來

此重遊的欲望。大多年前正值豆蔻年華，芭蕾舞團曾在賓館的小禮堂裡為開會的高級首長們作過表演，又陪他們跳過舞，還免費賞賜了兩餐豐盛的客飯。事後姑娘們都把這一天視為此生中最高的榮耀。當見過大世面的莉莉再次來到這裡時，發現心目中的這座顯赫的大廈原來是如此的陳舊而灰暗。唯一的變化是，她無論走進餐廳用，去外幣商店購物或在小庭園裡散步，服務人員都彬彬有禮的把她視為高貴的華裔和港姐。歷史老人沒有忘懷的話，她曾是這裡獻過藝伴過舞吃過客飯，又高喊過「打倒帝修反」口號的齊迎春。真是彈指一揮間，出去進來只是一閘之隔，袋裡端的是外幣罷了，反差竟是這般強烈，但這些都一閃念的過去了。她時刻惦記著的是明天瑞根是否準時按約來此見面。想到瑞根，她總揹著道義上的重負。俗話說兩隻碗叮噹，但結婚幾年他們從未拌過嘴，偶有不和諧的聲音都總是出自她自己，而瑞根猶如一只膠製的啞碗，任你敲打都默無反應。但莉莉知道，緘默感性的瑞根恰恰是個行動的巨人，破釜沈舟般背著她把貝貝帶回濱江，又主動提出離婚的行為不都是在默不作聲中進行的嗎？明天他又會採取什麼行動呢？想到明天，莉莉就禁不住全身打顫……

　　強大的西伯利亞寒流，呼嘯著刮得濱江市在一夜之間驟降了十幾度。余瑞根從箱底翻出了那套壓得皺巴巴的混紡中山裝，抖拂著穿上它趕去赴約了。從他接信那天開始，一個多星期輾轉難眠，眼

圈露出了深深的黑影，雙目佈滿了血絲。關於莉莉來濱江的事，他只告訴過兄嫂兩人。他哥哥曾建議瑞根找廠方求助，改由這裡的法院審理，這樣貝貝的歸屬可能對瑞根有利，但想到由此勢必會展開一場公開的爭奪，他沒有採納。他總為這樁婚事已經拖累莉莉，怎能去公開的傷害她。他堅決爭取私了，守住這道貝貝不歸他就不簽字的防線。

濱江飯店在庶民眼裡原是權勢、地位和榮耀的象徵。余瑞根在港時雖然站在街邊親睹過不少巍峨的大廈，相比之下，眼前的這座幾乎落伍了一個時代，但沉澱在心底的敬畏感使他放慢了腳步。躊躇多時才鼓足勇氣向門崗走去。門衛早就注視這個步履畏縮的寒磣客了。當余瑞根報出房號和姓名時，回敬他的是一副鄙夷的目光和審詢的口氣：「你是她什麼人？！」

余瑞根惴惴不安的囁嚅著：「我，我……」他竟鼓不起勇氣報上跟莉莉的關係。

這時莉莉突然朝門衛處奔來：「瑞根！瑞根！」她估計到瑞根可能會被阻在門衛處，下樓迎接他來了。走進賓館的門廳，踏上紅色的地毯，余瑞根自慚形穢地拉了拉皺巴巴的衣角。莉莉迫不及待地問道：「瑞根，你怎麼沒把貝貝帶來？！」

余瑞根答不上來，他是有意不帶貝貝來的，怕一見到莉莉，貝貝就從自己手上飛了。走進寬敞的客房，莉莉指著沙發一再催邀

道：「瑞根，你坐呀！」

余瑞根手足無措地怔立著，跨入賓館的大門他就產生了一般壓迫感。濱江市雖是他的祖籍地，但他知道過去這裡根本不許他來，今後也不是他來的地方，它屬於另一個階層，另一個世界。現在面對衣飾華麗的莉莉，更反襯出自己的卑微，他彷彿成了夢遊人，站在厚厚的地毯上雙腳有點顫抖，舌頭一下子轉不過來，惦量了整整幾夜的話全忘了。

莉莉望著余瑞根這身衣著和木訥的神態，一陣酸楚湧上心頭，她的聲音哽咽了：「瑞根，我對不起你，我不是個好妻子，你娶個好女人吧！瑞根，我要做個好母親，讓我把貝貝帶走！」她望著神志恍惚的瑞根：「瑞根，你說話呀！我想貝貝都快想瘋了！」她突然雙膝一屈，跪倒在余瑞根的腳下，緊抱著對方的雙膝嚎啕痛哭起來：「瑞根，我跪下來求你了！你知道我的身世，我不能沒有貝貝！瑞根，我求求你！……」

余瑞根一陣慌怵，他見不得別人流淚，更見不得莉莉撕心般的哭泣和哀求。他心如刀割，堅築了多時的最後一道防線在莉莉的淚聲中一下子崩潰了。為了莉莉的幸福，他願意犧牲一切：「小齊，你別這樣，起來，我答應，我什麼都答應！」

莉莉起身緊緊地抱住余瑞根，一頭埋入他的懷裡：「瑞根，我知道你會答應的，瑞根，我會想你一輩子的！」

余瑞根茫然若失地呆立著，唯一的反應是再也留不住眶中的淚水。兩顆晶瑩的淚珠順著臉頰滑落在莉莉的秀髮上。他顫聲告訴莉莉，明天一早就把貝貝帶來，他不進來了，叫莉莉在大門口接貝貝。莉莉啜泣著，余瑞根把她扶上沙發，朝她投出愛憐的一瞥，便不告而別地匆匆離去了。分手前的重逢像一劑非喝不可的窒息藥，憋得他喘不過氣來，加上這裡的一切擺設，包括無處不在照得你周身透亮的裝飾，就像無聲的語言，提醒你，告誡你，這裡不是打工的窮小子逗留的地方。他一路低著頭，快步從長廊走進電梯，從門廳走出給他以凌辱的門衛，像個奪路而逃的落荒者。

　　同一個夜，在莉莉心中漫長得猶如沒有盡頭的隧道。但在余瑞根心裡，那台座鐘彷彿不停地在敲打，他開著燈一夜沒有合眼，凝視著熟睡的貝貝，要把她的面龐鐫刻在心坎裡。他為自己的諾言不知悔過多少次，但一想到莉莉跪在他膝下哭求的情景，就禁不住熱淚盈眶地被軟化了。第二天早晨，父女倆上路時，余瑞根才告訴貝貝帶她去見姆媽。貝貝好高興啊，一路上歡叫著：「姆媽回來了，我們去接姆媽，姆媽帶好多東西給貝貝嗎？爸爸，你快告訴我呀！……」她突然縮回了被余瑞根緊捏著的小手：「爸爸，你的手好冰啊！」余瑞根驀地站停了下來，沙啞地響起了發自心靈的顫抖聲：「貝貝，讓爸爸抱抱你。」

　　「我長大了，爸爸，讓我自己走。」

余瑞根一把將貝貝抱入懷裡：「爸爸愛你，貝貝，讓爸爸親親！」

莉莉早就等候在賓館門口了。當貝貝出現在拐角處時，她快步迎了上去：「貝貝！貝貝！」

余瑞根放下貝貝，母女倆雙目相對，一個淚眼汪汪：「貝貝！叫姆媽！貝貝。」另一個露出了陌生的怯態，倒退著拉住余瑞根的手不放。莉莉上前雙手把貝貝擁入懷裡：「貝貝，我的寶貝，快叫姆媽啊，姆媽都把你想瘋了！」

余瑞根彷彿聽到了怦怦的心跳聲，臉部發出痛苦的抽搐，淚光閃閃地履行著自己的諾言：「貝貝，快叫姆媽，姆媽接你來了！」

貝貝終於喊出了一聲生疏了多時的叫喚：「姆媽！」

余瑞根望著緊摟在莉莉懷中的貝貝，望著淚流滿頰的莉莉，猛地轉身向拐角處走去。貝貝扭頭望著他的背影叫喊著：「爸爸，你別走呀，爸爸！爸爸！……」

貝貝的喊聲像根血肉相連的紐帶牽引著余瑞根，他不敢回頭，他知道只要停下腳步，就會轉身撕毀自己的諾言。他迸足力氣朝前邁去，像個失魂落魄的醉漢，一頭接在人行道的樹桿上，頓時眼前一片發黑，他掙紮著催促自己趕快遠離這個揪心的地方。

兩個星期後，余瑞根接到了一封厚重的來信。除了要他簽字的文件外，信中附有一疊貝貝和莉莉在海洋公園水族館裡遊覽的彩

照，還有在旋轉餐廳的窗前俯視維多利亞海灣的留影。貝貝衣著一新，快活得像個小天使。每張照片都在揮著手，張著小嘴，彷彿朝余瑞根喊著：爸爸！爸爸！但信中卻一字未提貝貝去港後的生活細節，只是一再叮囑他要保重身體，盡快建立新家庭。並說發信的同日已從銀行滙出了五萬港幣，叫他暫勿回信，她不久將帶貝貝一起遠行，到時她會主動跟他聯繫的。

余瑞根送走貝貝後，耳中便時斷時續地迴響著貝貝的喊聲：爸爸，你別走呀，爸爸。這聲音有時近在咫尺，有時遠如來自隔海的山谷。接到照片後，這聲音的頻率愈來愈高，特別是夜裡，他常被這喊聲驚起，雙目失神地呆坐到天亮。他的兄嫂眼看魂不附體逐日消瘦的弟弟，叫他請個假，陪他到嫂子的娘家蘇州去散散心。話語不多的余瑞根最近除了嘆息幾乎聽不到其它聲音。他一再的搖頭，因為加工的合同即將期滿。產品必須按時交付，這關係到能否續約和廠方的信譽。沒想到就在合同到期的前一天，他把工序搞顛倒了，車刀一個勁地冒著青煙，而他竟視而無睹地木立著，同車間的工友驚喊著奔過來切斷了電源，加工的部件全廢了。聞訊跑來的美國佬朝翻譯瞪起了駭人的藍眼珠：「他是我見到的最好的工人，有這樣走神的嗎？！」他把目光移向胡子拉碴，面孔小了一圈，臉上毫無表情的余瑞根：「Why did you do this？！」

美國佬說對了。這個全廠聞名的老技術標兵，這個有口皆碑的

好工人，會這麼走神嗎？余瑞根的精神錯亂了！廠方派人把他送回了家，從此不讓他上班了。他呆呆地在家裡坐上一整天，然後每天按時小跑著來到幼兒園。今天遇到了一個面熟的工人，一把拉著對方的手訴說道：「師傅，廠裡不讓我上班，說我出了廢品。不會的，不會的！我爺爺是濱江灘上的第一個花旗車行裡的機修工，我父親是藥水船的大車，我們全家祖輩都是工人，我這雙手怎麼會出廢品呢？」

余瑞根的出現引來了接領孩子的家長們的圍觀。那個同廠的工友滿懷同情地寬慰道：「想開些，余師傅，你千萬別那裡認真。」他指指頭頂上的青天：「只有老天爺知道，這些年他們到底付了多少學費！」

「我的學費早付過了，我滿師後從沒出過廢品。」余瑞根又一次攤開雙手：「這雙手不會出廢品，不會的！」

對方發現余瑞根沒有聽懂他的意思，語氣變得更懇切而痛惜：「余師傅，你千萬別跟自己過不去啊！快回家休息吧。」

「不，我等貝貝，」他朝幼兒園的大門口走去：「我接貝貝回家。」

同廠工友的眼裡瞬間聚滿了淚水，他的孩子指著余瑞根的背影悄聲說道：「爸爸，大家都說貝貝的爸爸瘋了！」

余瑞根朝最後一個走出園門的老園長深深地一鞠躬，往常他

晚到時總是從園長的手裡接過貝貝。頭髮斑白的園長顫聲說道：「余師傅，你怎麼又來！快回家休息去。」

「是的。」余瑞根伸手接過幻覺中的貝貝：「貝貝，別跳著走路。」他牽著幻覺中的貝貝，在眾目護送下，邁上了回家的路⋯⋯

築巢引鳳

　　齊艷芳當年隻身來港時比現在的莉莉還年青，隨著年齡的遞增，從中環一直滑落到灣仔，最後淪落到朱老闆在九龍油麻地的末流舞廳裡伴舞。與其相反，朱老闆的財勢遂日遞增，如今已是娛樂圈裡排得上坐椅的闊佬了。他是歡場上的行家裡手，就像珠寶商鑑賞翠羽明鐺一樣，凡在夜總會裡登臺亮相的歌女舞星，憑他的感覺就能確認其身價。像莉莉這樣的舞星，陪你兜個風，吃頓飯就夠你風光囉。只因莉莉是從大陸出口，若是從歐美進口，身價至少還得翻幾翻，當然也就輪不到他朱某享其殊榮了。他至今尚未續弦，用他的話說是緣份未到。這些日子他暗自思忖，齊艷芳帶著莉莉和他同出同進，日夜相伴，分明是充當引線搭橋的角色，他心裡燦然一亮，等了多年，居然等來了風姿萬千的舞星，真是老天賜福，總算沒有枉吃了一輩子的歡場飯。目標既定，他像個穩坐釣魚台的老翁，總是咪笑著望著魚兒般轉悠的莉莉，就等著收線了。

　　齊艷芳瞄準了莉莉跟瑞根辦離婚的好時機，不厭其煩地一再誇

讚朱老闆如何富有，為人如何豪爽，待她們如同家人。莉莉對母親的心計早已看得一清二楚，鄙夷母親把大陸長大的女兒看扁了。莉莉來港後的一大發現是，金錢有時未必萬能，不是嗎？金錢就是洗不掉朱老闆的一身俗氣，走路一擺一擺的像只老鴨子，只會張著口，兩眼賊溜溜地在她的舞裙下游動。跟他外出時掛在嘴上的只有兩句話：「食囉，買囉……」當她從朱老闆的舉止中悟到了把她列入見餌就咬鈎的大陸妹時，她開始對其疏遠了。

莉莉的矜持和傲岸，反令朱老闆刮目相看。不易到手的慾念成了日夜難耐的一種撩撥，釣魚台坐不住了，猜想這可能是母女倆的默契，逼得他厚著老臉向齊艷芳求情了：「阿芳，我倆相識廿年囉，總該清楚我的為人，我不會虧待莉莉的，該怎麼辦，你就明說吧。」

齊艷芳終於等到了這一天，大喜過望但又不露聲色。為了抬高女兒的身價，她把莉莉吹上了天，說她在大陸時曾主演過一齣以紅字打頭一時忘了全名的芭蕾舞劇，這是當年作為接待外國元首時的文藝節目。這原是莉莉來港後，向母親吐露因她的身世而遭貶受辱的一段悲憤心曲，齊艷芳移花接木地把它演化成歷史的真實。朱老闆露出一副傾倒的神情：「我知，大陸也出人材。鬧事那天我也在場，娛樂圈裡好久沒出現過這幫惹事的學生哥了，他們都是有眼力的後生仔。」

「驚死我囉，」齊艷芳故作驚駭狀：「好在那邊早解約。真被那批無厘頭纏上了，哪有莉莉的好日子過呀！」她看準火喉，話鋒一轉便切入正題。除了要求朱老闆把這門續弦的親事辦得格外氣派外，為了耳根清靜，免遭小輩的閑言碎語，必須另外置屋。讓她跟莉莉先搬進去住。齊艷芳為了抓住今生的最後一次機遇，絞盡腦汁，心分兩路。先置屋後議事，這是用來誘惑女兒的一個計策。她要為莉莉營造一幅從天而降的美景，當你把富貴的現實展示在女兒面前時，她除了想佔為己有外，其它都會置之腦後。她要莉莉在驚喜中抱著自己連喊幾聲姆媽。當然眼下最重要的是趕快辦理離婚手續，說服莉莉放棄貝貝的歸屬之爭。

朱老闆是精明人，知道誰擁有莉莉，等於擴大了自己的知名度，這是花錢做廣告也難買回的效益。心想到底是女流之輩，張口不外乎這麼點護身之術。好事務必快辦，娛樂圈裡的同道早已傳播朱某人的艷聞。他陪齊艷芳看了幾處新樓，最後在跑馬地附近買下了一幢藏嬌之寓。齊艷芳正忙著裝飾新寓時，沒想莉莉竟背著她回大陸把貝貝接來了香港。這一氣使她板著臉跟女兒幾天不搭腔。她恨莉莉不諳世道，此間的單身女子價如金，現在拖了個油瓶出來，不是自己作賤嗎？恨歸恨，她趕緊又編織了一套花言巧語去哄朱老闆：「莉莉年輕，身邊帶個孩子才能栓住她的心。」齊艷芳的話居然逗得朱老闆兩眼笑瞇成一條線：「得囉，今世有緣囉，養你

祖孫三代得囉！？」

　　齊艷芳的臉就像出雨後驕陽當空的天。新寓裝飾一新時按期趕上莉莉的生日。廿多年前，她把莉莉像顆剛出芽的種子任其自生自滅地拋棄在大陸，在謀生求奢的舞海中漸漸忘卻了在襁褓中嗷嗷待哺的啼哭聲。如今的莉莉成了舞海上空的一顆炫目的星星，給女兒做生日便成了母親獨有的一份驕傲。但又怕引出雙方深埋心底的隱痛，左思右想，決定先不向外張揚，選了銅鑼灣一家著名的上海館作生日午宴。當祖孫三人被引進預定的包房時，莉莉對母親如此闊綽感到驚訝。隨著一道道江南名菜的上枱，齊艷芳露出一副動情的面容，但言詞和表情的配合顯得不夠和諧：「莉莉，今天是你的生日，過去那些年，姆媽的日子不好過，可總是把你裝在心裡……」

　　提到生日，莉莉的心猛地一顫，她不敢正視母親的臉容，怕被表裡不一的母愛刺痛。長大至今，她總是忘了自己的生日。以往都是那位被鬥倒在臺上的老師把她帶回宿舍，端上兩碗排骨麵，她的碗裡特意多放了一塊排骨，倆人並肩而坐，邊吃邊祝她生日快樂。分手時，老師像早猜到她缺少什麼，希望得到什麼，今年送件外衣，明年送雙鞋子，老師成了她心目中的母親，儘管對方是個獨身者，她多麼想抱住對方幸福地喊一聲姆媽啊！今天是親生母親為她做生日，菜未嚐，心裡就像打翻了五味瓶，望著花色俱全的佳餚，她首先想到的是充滿溫馨的那碗排骨麵，還有舉止優雅神情真摯的

老師的身影。兩相對坐，母親像個戴面具的女人，即使面對女兒也不把面具取下。去年的生日是在小木屋裡過的，母親吃完瑞根下的麵條就藉口匆匆地走了。來港後，母親對瑞根的冷慢深深地刺痛了她的心。這次去大陸帶回了貝貝，她竟滿臉不快，今天卻慎重其事地為女兒做生日，這頓生日飯叫莉莉不好下嚥啊。

飯後齊艷芳帶莉莉乘車直驅跑馬地新寓。剛走上客廳的石階，女傭已經聞聲走了出來。齊艷芳儼然是這幢小樓的主人，吩咐女傭去取沖好的西洋參，同時示意貝貝：「去，到花園裡玩去。」

莉莉走進這幢背靠青翠的渣甸山，面對藍天碧水的維多利亞港的花園宅邸，心裡就蒙上了一團疑霧。以往母親也常帶她去串門，最好的也不外是廳大房多的新寓。這是誰的家，母親哪來的這般闊綽的朋友，居然還大模大樣的差使女傭。憑著過去的經驗，預料母親又在賣弄什麼獻媚攀附的花招。轉眼的功夫，齊艷芳進入角色般搖身一變，坐姿舉措，氣韵十足地像個福太太：「莉莉，你看這幢樓夠靚嗎？」她指著頭頂上的大吊燈：「這盞燈就值十萬元！來，我領你上樓看看。」

莉莉發現這回有點異樣，揣測著準是那一個尚未喬遷的富婆叫母親當看屋的管家來了。齊艷芳向莉莉展示了樓上三大間色調各異的臥房後，來到緊挨客廳的琴房。掀開那架嶄新的琴蓋：「莉莉，你不是說過從小就在學校裡練過鋼琴嗎？來，彈個曲子給姆媽聽

聽。」

莉莉被這架德國的名牌鋼琴所吸引。選入芭蕾舞校後，按規定要上鋼琴課，音樂老師誇讚她有豐富的樂感，要她下苦功夫。她卻偏愛舞蹈，但琴藝也不在同學之下。文革中被貶後閑著沒事，還教過朋友的幼兒學琴。來港後再也沒有機會摸琴了。坐上琴櫈，觸上音色純正的琴鍵，神情全變了，眼中閃爍著炫人的光焰，她彈了莫扎特的鋼琴曲，像被什麼醉心的前景所召喚，突然停了下來。是的，她又想到了即將成為現實的那座「幻鄉」歌舞廳。

從女兒手指間流溢出來的悠揚琴聲，令齊艷芳驚喜交加。當今人們談及大陸和大陸人，不是搖頭就是婉嘆，齊艷芳倒是真心感謝大陸免費養大了女兒，又給了她一身才藝。在香港，多少富婆為自己的女兒花了大錢也買不回這身才藝哩！她拉著莉莉的手回到了客廳，這才如沐春風般向女兒打開了心裡的聚寶盆：「鍾意嗎？這幢樓是姆媽叫朱老闆買下的。」

莉莉驚愕的雙眼圓睜。齊艷芳為苦心營造出來的這般氣氛倍感得意，該是向女兒吐露實情的時候了：「莉莉，明年你就卅十了，女人一跨進這個門檻就快成街邊貨了。姆媽落到今天就是吃了這個虧。你早看出啦，朱老闆很喜歡你，陪我看了十幾個地方，才選中了這幢帶花園的房子。」

莉莉霍地站了起來，面對別人的擺佈，激起了她的憤慨和厭

惡，並不惜付出任何代價與之抗爭。當年她冒然委身給瑞根就是對掙脫權勢者的一種抗爭。現在母親居然也對女兒設下了陷阱。莉莉的嘴角掠過一絲不易察覺的冷笑。這裡是香港，她擁有了參與競爭的權利和天地。什麼女人一過卅十就成了街邊貨，她已經享受到人世間真正的愛情，從此她要開始設計自己的生活。從歐洲回來後，蘇有義成了她心中形影不離的伴侶，那個被描繪成世外桃園般的島國，那座聯結他倆愛情的「幻鄉」歌舞廳，成了她日思夜慕並為之奮鬥的歸宿。上星期蘇有義悄悄來到香港，在電話中告訴她，隱居在一個歐洲友人作為來港經商歇腳，距香港廿分鐘擺渡的榆景灣別墅裡，就等護照一到，他們便馬上動身。並叮囑她仍按往常一樣生活，切勿露出破綻。莉莉猜想蘇有義顯得如此緊張而神秘，是怕重蹈私家偵探跟蹤而惹出節外生枝的麻煩。想到這些她便強迫自己在母親前鎮定自若地坐了下來。

齊艷芳以為莉莉正在作抉擇前的沉思，急切地問道：「你想定了沒有，姆媽為你下半輩子的日子把心都操碎了。在香港有錢的孤老是女人心中的寶。朱老闆是明媒正娶，跟他過日子是堂堂正正的太太。光這幢樓就值上千萬港紙。以後有你享不盡的榮華富貴，姆媽也跟你享福了……」

母親的話就像鴨背過水，根本沒有滲入莉莉的心田。這些天她想的盼的是近在咫尺而未能相聚的蘇有義。他們約定莉莉回家時或

借電話亭或在家中通一次電話。這兩天蘇有義的語氣愈來愈顯得沉重，抱怨那個島辦事效率太慢，按計劃護照早該寄到了。莉莉通過聲音彷彿看到蘇有義焦灼不安的臉容，反而找話安慰對方，説晚走一天，她就能多掙一大把錢哩。因為蘇有義曾經隱約地向她透露過，為了把「幻鄉」歌舞廳經營得別具風格，他已設法借貸了一筆資金。這是莉莉第一次從蘇有義嘴裡聽到音量雖輕卻是沉甸甸的這個錢字。她既驚訝又感到自負，她不再是個光會跳舞的窮藝人，她將帶著自己的積蓄跟蘇有義一起共建他們的未來，但願今晚能聽到對方的好消息，早些擺脱母親設下的陷阱。

莉莉至今金口未開，齊艷芳步步緊迫道：「姆媽花了大心血才幫你遷來香港，留在大陸能有今天嗎？」她望著神情恍惚的莉莉，臉一沉，聲音突然變得尖刻起來：「你怎麼不説話，就這麼回報姆媽的一片好心嗎？我問了快一百次了，你怎麼不開口？」

齊艷芳用這種語氣顯示對女兒的恩賜，適得其反地觸痛了莉莉心靈深處的創傷，忿忿不平地反責道：「你問了一百次，我還沒問過你一次呢！」

「你要問什麼？你問啊！」

莉莉終於發出了長期潛伏心底的責詢：「好，我問……我的爸爸是誰？他在哪裡？！」

莉莉的聲音像把利刃刺向母親，齊艷芳一陣驚怵，癱軟地側身

倒向沙發，雙手搗著臉頰欲哭無淚地抽搐著。莉莉的淚水早已奪眶而出，她為尋找這個答案，為尋找夢寐以求的父愛，曾經偷偷地吞舐過多少苦澀的淚水啊！她望著母親畏縮的身軀，眼中交織著憤懣、憐憫和痛楚，隨即對自己的行為感到後悔。她不該對在風月場中討生活的母親追尋這個令人心碎的答案。她撲到母親膝前顫聲求恕道：「我不該傷你的心，姆媽，你千萬別往心裡！……」

夜幕下的罪惡

　　莉莉趕完最後一個場次，換裝時禁不住長嘆了一聲。剛才起舞時足尖被扭險些失去平衡，全憑她嫻熟的技藝才沒有當場露醜。靈魂和形體失諧的表演只能留下遺憾。這跟她的心情有關，離開那幢精緻的別墅時，齊艷芳仍然糾纏不休，叫她跟貝貝一起住下，今後別再為幾個錢去跳舞了。朱老闆早有安排，當了太太，閑不住就到時裝公司掛名當個經理，既體面又能招徠顧客。齊艷芳對莉莉的要求愈切，母女間的心竟離得愈遠，最後不歡而別地把貝貝送回了家，因為她必須作好隨時出走的準備。剛才的險些閃失，促使她下決心領取酬金後，從此告別香港的夜總會。打電話告訴蘇有義，讓她跟貝貝一起隱居在榆樹灣等候出發。經理室空無一人，莉莉坐候時順手拿起了桌上的報紙，隨意翻到廣告欄時，一幅醒目的印有照片的尋人啟事赫然映入她的眼簾。她幾乎不敢相信自己的眼睛，影中人竟是定格在她心靈螢幕上的蘇有義。這裡隨時有人進出，她匆匆地看了個大概。刊登啟事的正是蘇有義的公司。內容是此人

失蹤多時，若有知情者報訊，定將賜以重酬。並從登報日起，凡以此人名義進行的商務活動均與該公司無關……這時傳來了門外的腳步聲，莉莉迅即把報紙放回了原處。經理一進門就駭然問道：「齊小姐，哪兒不舒服？你的臉色好蒼白！」

莉莉竭力掩飾內心的慌亂，接過酬金便匆匆離去。這則啟事說明蘇有義的行動已被公司察覺，其中好像還潛伏著什麼對蘇有義不利的隱情。她得趕緊回家跟他通話，告訴他不能再等了，必須立即離開香港，飛往他們構築中的溫馨的藝巢「幻鄉」。她邊想邊走上街頭候攔出租車。這時從她身後突然躥出兩個衣冠楚楚的大漢，一左一右的緊貼在她的肩旁：「齊小姐，賞個臉跟我們一起吃頓宵夜。」

莉莉吃了一驚，側目看了下出口不遜的大漢，強作鎮定道：「對不起，我有事。」以往卸妝出來時她經常碰到這類冒然相邀而彬彬有禮的男人，都被她婉言推卻。但這兩個男人的行跡令她起疑，正欲跨步往鬧街處疾走時，一輛轎車在他們跟前嘎然停下，司機迅速打開車門，兩條大漢挾持著把莉莉塞進了車廂。轎車開足馬力，朝半山風馳電掣而去。莉莉以為遇到了劫客，把手提包連同腕上的那塊鑲鑽的手錶往座上一放：「拿去，讓我下車。」

左邊的大漢喝阻道：「別動，快說，蘇有義在哪裡？」

莉莉的心像車輪突然陷入了深坑般蹬蹬地顛跳了數下。猛地驚

悟到自己的被劫持跟報上的啟事有關，她的命運已經跟蘇有義聯為一體。蘇有義是屬於她的，誰也別想從她的懷裡奪走。她面無懼色，聲音出奇的脆響：「我不知道！」

「不知道，你是不想說囉！」對方的巨掌鉗子般揑住了莉莉的臂腕：「快說，蘇有義躲在哪裡？」

莉莉全明白了，她是作為林氏公司的人質被劫持的。她只有一個想法，拼死掙脫他們的魔掌，只要咬緊牙關，蘇有義就不會被發現，他們的計劃就不會敗露。她忍著劇痛反抗道：「放開，我說過不知道，一百個不知道！」

轎車迅速駛上了蜿蜒的山道，對方的巨掌愈鉗愈緊，脅逼聲中帶著輕蔑的冷笑：「放聰明些，齊小姐，現在不說，一會兒你也還得說！」

莉莉掙紮著，忿然反斥道：「你們三個男人欺負一個女人，你們還是男子漢嗎？！」她突然放聲大叫起來：「警察！警察！……」但立即被另一隻手掐住嘴巴：「臭大陸妹，你還嘴硬，還敢喊警察！」

莉莉不甘屈服，狠狠地咬住他的手指。對方沒防到遇上了這麼個犟女人，啊的痛叫了一聲。莉莉趁勢奮力一躍，雙臂摟住司機的脖子狂喊道：「停車！停車！」

司機的軀體突然失去了平衡，方向盤一偏，一個急剎車，車身

帶著慣性撞倒了護欄，滾下了山坡……

隔海相望的榆景灣是個寧靜的世界。高聳的公寓像一座座直插天際的峭壁。沙灘邊的別墅群籠罩在幽靜的夜色中。蘇有義足不出戶地在這裡隱居多時了。從屋裡傳揚出來的提琴聲曾經驚擾過附近的鄰里，不久他們便被琴聲吸引。漫步休閒的黃昏時分，鄰里們常在琴聲中駐足凝神，讓輕拂的海風伴著悅耳的琴聲喚起心中美好的遐想。令他們詫異的是，這位新來的運弓不息的鄰居至今未露其真面目。

蘇有義用琴聲宣告自己回到了闊別已久的音樂世界。在歐洲跟莉莉分手後，他就琴不離手，為走音跑調的技藝婉恨不已。最近練琴時，他特意拉海頓的四重奏，常為快速難句一拉再拉，拉到滿意為止。這使他想起婚後為解對樂之渴，以樂自娛，常約樂友們來家搞室內的弦樂四重奏，遇到難句時總是由他插上去代炮。他們演奏莫札特和舒伯特等名家樂曲，用琴弦作心靈的交流，經常演奏得如醉如癡。碧珍的姨媽是樂室中的常客，她自己卻是音樂的聾子。對拉大提琴的那位小姐更是妒恨入骨，總要尋機示以面形於色的怠慢。不拘小節的樂友們一旦覺察到女主人的氣色，傲然地拎起各自的樂器跟蘇有義拜拜了。失去了樂友，蘇有義自嘲為樂壇的棄兒，那把小提琴也從此束之高閣。那座樹木蔥郁，繁花競放的家也變成一片乾枯的沙漠。莉莉的出現，使他看到了生命的綠洲，藝術女神

又向他揮手走來了。所幸的是,他七歲那年就拜J島的一名高手為師,基本功紮實。為了恢復當年的水準,他不停地練,變嫩的手指腫得像一根根的紅蘿蔔,他仍不停息,裂出了一道道口子,粘上膠布再拉。他猶如回到了學生時代,精神亢奮,體力充沛。想到自己即將用琴聲為莉莉伴奏時,更是無比興奮。音樂是舞蹈的靈魂,舞蹈是音樂的翅膀,他們從此將在藝空中比翼雙飛。他甚至為「幻鄉」歌舞廳的演奏曲目排列了長長的名單,每天依序練到子夜才搓搓胝痛的手掌,坐下來等候莉莉的電話。這是他一天中最歡悅也是最不安的時刻。電話裡總是傳來莉莉甜甜的聲音:「有義,你又把自己關了一整天,我好心疼啊!讓我過海來看你好嗎?你怎麼不說話,你一下子變得好膽小啊!……」

今晚蘇有義坐候在電話旁已經一個多小時,往日總是在鈴響的同時就拿起了話筒,現在已是凌晨一點了,鈴聲遲遲未響。他怕電話出了故障,拿起又放下了多次,線路是通的。他猶豫著準備給莉莉撥電話,剛伸手又縮了回來。因為莉莉說過,她母親是個多疑又工於手計的人,非萬不得已別給她掛電話。他只好強制自己又等了半小時,最後終於按捺不住內心的焦灼拿起話筒撥號了。鈴聲響了很久才傳來稚嫩的童音:「姆媽嗎?我是貝貝……」

蘇有義禁不住叫了起來:「啊!你是貝貝!我把你吵醒了。」他彷彿看到了幼小的睡眼惺忪的身影:「媽媽還沒回來嗎?」

「還沒有回來，你是誰？」

「我們很快就會認識的。」蘇有義早在照片上見到過活潑可愛的貝貝，他滿懷深情地說道：「我愛你，貝貝！」

「姆媽很晚很晚才回來的，我要睡了。」

「貝貝，這麼晚了，就你一個人嗎？……」孤寂而稚嫩的童聲使蘇有義的心感到隱隱作痛。他發現電話已經掛斷。他在心裡默默地寬慰自己：這樣的日子就要結束了，貝貝，你馬上就會成為我們「幻鄉」裡的小天使……

壁鐘已經指向淩晨二點，夜生活的帷幕早已降下了。蘇有義仍未盼來電話的鈴聲，他像頭被困在籠子裡的動物，不停地在屋裡轉圈。發生了什麼，他腦中突然閃出了一個不該出現的問號，是莉莉遇到了新歡還是舊友。不，他隨即按下剛剛冒頭的一股令他痛楚的猜妒。憑著社交場上豐富的閱歷，他發現莉莉像個任性的孩子，心靈純淨得就像一眼見底的清潭。這樣的女性，她的懷裡是安置不下兩個男人的。那麼為何臨近三點還未回家呢。他突然想起了報上的那則啟事。它在幾份大報上連續刊登了三天了。他原計劃在歐洲辦妥一切簽證後再從香港出發，但在歐洲一時無法湊足這筆遠走高飛的鉅款。只好到資金流動頻繁的香港來提取了。為了挪用這筆鉅款，他格外慎重地寫好了給董事長的一份保證本息歸還的借據，同時又給碧珍寫了封情真意切的信，

說她錯嫁了一個百無一用，只會花錢的丈夫，從此他要做個自尊自強的男人。沒有愛情的家庭只是一對被囚在籠子裡的生靈。他請求碧珍理解他，原諒他，忘掉他。這兩封貼上郵票的信時刻裝在袋裡，準備在出發時一起投遞。他堅持這麼做的原因，是向人們宣告，他的行蹤雖然秘密，但心跡必須磊落。蘇有義沒有把此事告訴莉莉，更怕莉莉看到報上的啟事。為了莉莉，他要赴湯蹈火地去承擔一切後果。他等啊，等啊，一直等到陽光灑滿海灘。整個上午他往莉莉處連撥了十幾次電話，只聽到鈴響而無人接線。這是蘇有義一生中渡過的最焦灼不安的一晝夜。他拿起提琴，正想用琴聲緩解焦慮如焚的心情，這時門鈴響了。這是附近小餐館按約送來了食物，放在門口，讓他自取，蘇有義這時才發覺從昨晚至今滴食未進。開門取食時，晚報也已送到，雖然飢腸轆轆，但卻味如嚼臘。推開食物，翻閱報紙時，本市版上出現了觸目驚心的標題：藝壇慘案，芭蕾舞星齊莉莉突遭暗害。

捏在蘇有義手中的晚報猶如一枚突然起爆的炸彈，腦中發出了轟然巨響，這個一米八幾的漢子被震撼得全身搖晃起來。報上的每個字都像錐子般敲擊著他的心。記者是這麼報導的：幾位晨運老人在小樹林裡發現一息尚存的美貌女子，報警後即送半山區醫院搶救。傷者經院方診斷因腦顱受傷過重，除非出現奇蹟，這位風靡香港的芭蕾舞星將像植物人那樣悲慘地在床上渡過其餘生⋯⋯

蘇有義發出了一聲撕心的叫喚：「啊！莉莉！」便衝出大門，邁開長腿，甩著長臂，以百米衝刺的速度向渡輪碼頭奔去，跳上渡輪搶先佔在舷梯的出口處，恨不能插翅飛到對岸。輪渡靠岸開閘時，蘇有義就像賽場上的騎手，第一個衝了出去，截住一輛出租車，示意司機按報載的地址馳往半山醫院。蘇有義剛走進醫院的長廊，兩個便衣員警突然攔住了他的去路，朝他從頭到腳審視了一遍，晃了下手中的證件：「蘇有義先生，你被捕了。」

蘇有義傲然揮手道：「別碰我，我觸犯了香港哪一條法律？」

警察厲聲喝阻道：「別動，蘇先生，你該知道席捲鉅款潛逃的後果！」

蘇有義的臉色頓時變得蒼白，兩眼發楞，無言以對。他把身兼董事長和總裁的內兄估計得過於豁達和善良了，對方分明在登報的同時報了案，要把他押解回J島。當警探亮出手銬時，蘇有義保持著紳士的尊嚴：「沒有必要動用它！」他突然哽咽地懇求道：「警察先生，跟你們走以前，請允許我進去見莉莉一面，我會永遠感激你們的！」

警察望著氣宇不凡的蘇有義，望著他淚水盈眶的眼睛：「你是她什麼人？」

「我⋯⋯我是她未來的丈夫！」

警察被蘇有義的真摯所動，並想從中窺探他跟案情的關聯，交

換了一下眼色，陪同蘇有義走到了值班室。醫生至今尚未下達允許探望莉莉的指令，但他同樣抵擋不住這個堂堂男子漢的淚眼，伸出了一個指頭：「一分鐘。」

蘇有義跨進病房，看到不省人事的莉莉，像座突然倒塌的高山，「嗵」的一聲屈膝跪倒在床前：「莉莉！莉莉！我是有義！……」

莉莉絲紋不動地躺在床上，蘇有義悲慟地發出了低沉的令人窒息的孩子般的嚎啕：「莉莉，你睜開眼睛看看，我是有義，有義！」他突然驚喜地望著莉莉微微開啟的雙目，那對曾在舞臺上驚鴻一瞥，傾倒眾生的雙眸，現在已經失去了光澤。「莉莉，你認出來了嗎，我是有義，莉莉，你說話呀，我求求你說話呀！……」

警察挾持著蘇有義離開了病房，蘇有義一再轉身朝床上的莉莉發出了擲地有聲的誓言：「莉莉，你要堅強的活下去，我會回來的，我很快就會回到你身邊來的！」

醫生撫慰著淚流滿頰的蘇有義：「先生，跟我們一起冀望她出現奇蹟吧！」

蘇有義步履蹣跚地挪動著顫抖的雙腿，回頭望著那扇關上的房門，顫聲說道：「他們太殘忍了，警察先生，躺在那裡的應該是我！」

木屋區的不了情

　　駛往濱江市的軟臥車廂天天爆滿，搭乘者的身份也起了變化，以往它只供高幹享坐，現在袋裡裝有外幣的回鄉客也能分享了。這也是南大門開啟後帶來的新景象。崔德發為了坐上過去可望而不可及的軟臥，寧肯在廣州等了三天。現在坐在窗前蹺著二郎腿，一手挾煙，一手握著拉罐啤酒，小枱上擱著錄放機，播放著香港的流行歌曲。他的對座是個道貌凜然的老頭。列車起動後，至今雙眉緊鎖，那神情彷彿是被人侵犯了他的領地。面對這個官氣十足的老頭，崔德發的鼻裡不時噴著冷氣。想到居然會有這一天，自己能在軟臥車廂裡跟任何人平起平坐，口袋裡還裝著厚厚一疊港幣外加七、八隻分送親友的金戒子，飄飄然地一副衣錦榮歸的儀態。服務員進來泡茶時，他闊氣地擲上一包三五牌另加一罐易拉啤，引得服務員嘻笑顏開，勤快地為他添加茶水換煙缸。反把那個明文規定享有特殊待遇的老頭冷擱在一邊。這時崔德發的腿就像狗尾巴那樣搖得更歡了。得意地暗自慶幸：「值，為了這張軟臥票，在廣州等它

三天就是值！修了八年地球的老紅衛兵，這次回大陸就是要買來這份感覺。」開飯時，服務員特意跑來請他點菜，願意為他提供這送菜到座的特殊服務，但出乎意外地被他謝卻了。他要帶著這份感覺到各車廂走走，然後到餐車裡當眾陶醉一番。路過擁擠的硬座車廂時，十年前頭回乘坐火車的情景又在他腦中出現了。當時正是一片紅的時代，他是揮著小紅書，唱著語錄歌擠上沙丁魚般的列車北上的。漫長的旅途中，取水解手都得等候列車停站時從窗戶中橫著身子進出。今天的崔德發套用當年流行的唱詞，真是鳥槍換炮了！他整了整胸前的領帶和西裝的下擺。這身西服也是專為回大陸購買的。香港的打工仔本份得很，自知還未調養好撐西服的骨架。他自己是個兜售「虎鞭」的無業遊民，跟西服更是無緣。最近發了小財，跟朋友合夥買下了一間壓模廠，當上了小老闆，跑街送貨摸爬打滾樣樣得自己過手，離穿西裝打領帶還有一段時辰哩。這次回濱江市，是提前滿足了顯顯功架的欲望。走著走著，突然傳來了一陣荒腔走板的普通話，隨聲一望，靠窗的座位上出現了一個熟悉的身影，不禁叫了起來：「林伯！林伯！你還認識我嗎？我是瑞根的好朋友德發。」

林伯朝西裝筆挺的崔德發端詳了好一陣子，才跟幫他扛木上坡的小夥子對上號：「啊，你是發仔啊！」

崔德發不由分說拉著林伯的手：「走，林伯，一起上餐車喝兩

杯。走進餐車剛落座就掏出三五牌，露出當年在伐木場上的哥們豪氣，抖出一大把朝服務員嚷著：「抽，別客氣，幫我多點幾味好菜。」他又掏出另一盒：「給掌勺的。」接著轉向林伯：「林伯，我發啦！」

笑顏常開的林伯一反常態，老陰著臉，這個地道的老香港，衣著和神色和崔德發形成了強烈的反差，似乎顛倒了身份，像個寒磣的大陸退休佬。他直瞪瞪地望著崔德發：「發仔，你知道莉莉出事了嗎？」

「知道，」崔德發不屑一提的打斷了對方的話，朝林伯舉起了杯：「喝，林伯，我早料到瑞根跟她長不了。好合好散，天下有的是女人！」

「不，莉莉給害慘了！」林伯感到驚訝，發仔居然不知道這樣傳遍香港的新聞。他推開桌上的酒杯，從隨身的挎包裡取出了一疊小報：「你看，這幾天香港都在談論這件事！」

崔德發猛吃一驚，接過報紙兩眼睜得像核桃。幾家小報刨根究底的連日報導有關莉莉的現狀和過去的身世，並不惜版面，配上莉莉獻藝時的各種舞姿；還有齊艷芳接受記者採訪時悲慟而尷尬的臉容，最令他慘不忍睹的是貝貝在床前哭喊著的那張淚水如珠的小臉。崔德發怒不可遏地站了起來：「林伯，這幾天我在廣州，不知道發生這麼大的事！」他猛擊了一下桌面：「他媽的，這是哪幫黑

小子幹的，我要宰了他們！」他突然放低嗓門：「林伯，我說到做到。香港我有一幫大陸出來的結拜兄弟！」

林伯慌忙把崔德發按坐下來，示意公開場合要保持冷靜。他翻開另一個版面：「你再看看這個，港人都同情莉莉的身世和遭遇……」

「她母親不是個東西，把莉莉從小丟棄在大陸，去了香港又把她當搖錢樹。」崔德發長嘆了一聲：「都怪瑞根的心太好，手太軟。」

林伯指著報紙敦促他看完了再說：「看到了吧，眾口都說不能把貝貝交給心術不正的外婆。不少人願意收養形同孤兒的貝貝，有律師還有醫生，他們都是有身價的人。你看，也有團體出來反對，提出貝貝應由港府收養。政府收養對貝貝更有保障。發仔，我是專程為這件事趕去濱江找瑞根的。貝貝不是孤兒，她有父親，我叫根仔一起回香港去，幫他請律師，要求把貝貝改判給根仔！」

崔德發霍地一聲，肅然起敬地又站了起來：「林伯，你是個大好人啊！」他的眼裡噙著淚水：「我也是專程回濱江找瑞根的。我請他當廠裡的技師，這樣的好手哪兒去找啊！林伯，到了濱江我們一起去，見了瑞根一起陪他回香港。兩個大陸仔還養不活一個貝貝嗎？放心，林伯，我們準能讓她過上好日子！」

「我跟老伴找幾個仔一起商量過，」林伯的語氣顯得格外凝重：

「怕我們不夠身價，港府不會同意。律師說只要根仔出面，改判不成問題，往後的事就不愁囉。」

列車抵達濱江市後，崔德發帶著林伯直奔瑞根家。今天適逢瑞根的嫂子廠休，當客人說明來意後，她淚汪汪地說道：「瑞根瘋了⋯⋯」

「瘋了！？」林伯和崔德發神色巨變。林伯怕聽錯了話：「瘋了！？好好一個後生仔怎麼會瘋了？」他的聲音突然顫抖了：「根仔他不能瘋啊！」

「嫂子，他人呢？」崔德發急迫地問道：「瘋成什麼樣子？我跟林伯一定要見他一面。」

「他們把瑞根送進了瘋人院。」

「走，林伯，」崔德發拉起林伯的手，他知道地點：「我們上醫院去找他。」

偌大的濱江市，精神病院獨此一家，床位緊張，人滿為患，輕度病人和無背景者休想住院。余瑞根能享此殊遇稱得上興師動眾，頗費一番周折。牽頭者是幼兒園，拉上廠方、居委會加上區政府組成聯合陣線，逼著主治醫生簽發住院證。他們態度強硬，理由充分。廠方代表宣稱余瑞根常年被評為技術標兵和勞動模範，應該得到特殊照顧。幼兒園領導的話更有份量，她們是上級批准接待外賓參觀的單位，這個瘋子天天在幼兒園門口轉悠，政治影響太壞。居

委會是個湊數單位，不停地點頭以壯聲勢，最後是區政府代表作總結性發言：濱江市是開放城市，本地區又是聞名地段，政治影響任何時候都要放在首位，醫院再困難也要設法解決。

主治醫生對四方出面干預院務露出了明顯的不滿，儘管這是常見的現象，如遇有頭銜的病人，上面來電或派專人要求不惜用藥和加強護理等等，對醫生來說早就見怪不怪，但他偏偏是個少見的例外。板著臉說：「他定來門診就可以了，我知道該怎麼治療。住院對病情反而不利。」為了擺脫他們的糾纏，特地加重了語氣：「我正在工作，有意見你們找院長去。」

四方代表視醫生的話為慣用的托辭，馬上找到院長室，重複了上述要求後，語氣變得更為強烈了：「我們早聽說在住院問題上普遍存在著不正之風，難道非逼得我們再往市府跑嗎？！」

對院長來說，這實在是小事一樁，點個頭就是了，但屬下這個主治醫生的倔脾氣是全院出名的。希望能當面說服對方讓他簽辦。他把主治醫生請來後尚未開口，對方便以指責的口吻說道：「就為這事找我嗎？」那神態全不把當年的同班同學，現在的院長放在眼裡。而且每次走進這間院長室，他就會條件反射地重現文革中的那場遭遇：一群造反派咬定他管轄的一個病人是裝瘋的現行反革命，硬要揪回去批鬥。身為醫生，他有責任保護病人，跟他們展開了唇槍舌劍，結果是病人沒保住，自己反被打得鼻青臉腫，但其秉性至

今不改。這回他卻反其道而行之，偏偏堅拒病人於門外：「病人對社會不構成危害，你們為什麼要把他僅有的這點幻覺權也剝奪呢？我是醫生，我有責任保護病人的權利！」說完便大踏步的走了。

四方代表張著嘴表示大惑不解，用審視加鄙夷的目光望著對方的背影，心裡都在說：這個精神病醫生的精神大有問題！笑話，開口權利閉口權利，人活著還有那麼多講究嗎？真是吃飽了撐的。他們異口同聲向院長表達了一個信念：讓病人住院就像給餓漢吃飯一樣，這才是他需要的權利。他們逼著院長簽發了住院證。這是一個星期前的事。

崔德發偕同林伯馬不停蹄地趕到了醫院，憑著三五牌開路外加港人身份，不但獲准提前探望，年青的男護士還熱情地為他們領路。途中小護士誇誇其談地搭訕道：「我們正在騰房子，開辦專收外幣的外賓病房，到時你們出錢，我幫他轉過去。他不打人，不罵人，是個文的。醫生說他得病的原因是太誠實，對這種病人，除了用藥，沒法疏導他的思想。」

林伯拉拉崔德發的衣襬，輕聲問道：「他說什麼？我一點也聽不懂。」

崔德發一臉狐疑，也沒聽懂對方的意思。小護士得意地又在兩個槽查查的港客前發表高論了：「在這個鬼地方幹長了好人都得犯病，那個主治醫生還沒發作就是了。對姓余的為什麼就不能疏導，

我當醫生的話，對姓余的這種病人就採用欺騙療法！你們沒聽說過吧，哈哈……」

林伯和崔德發愈發糊塗了，什麼叫欺騙療法？大概是醫學上的專用名詞吧。但看他那副油腔滑調的樣子，還是崔德發的反應來得快，朝林伯使了個眼色，表示碰上要油嘴的小滑頭了。

他們來到木欄隔離的住院部時，遠處的木欄裡突然伸出一隻長臂，向身穿白衣褲的護士揮著：「醫生，放我出去呀！醫生。」

崔德發眼快，一眼認出是余瑞根，邊跑邊喊著來到木欄前：「阿根，阿根，我是德發。我跟林伯看你來了。」

余瑞根的目光在崔德發的身上停留片刻後，又呆滯地盯著那個護士，並不理會崔德發的叫喚。崔德發立即卸下外套，解去領帶，捏住余瑞根的手，強迫他把視線轉到自己身上：「阿根，你好好認認，我是德發，從香港來的德發！」

余瑞根終於認出來了，驚駭地叫喊道：「德發，他們說我出了廢品！」他攤開發抖的雙手：「德發，我的學費早付過了，你告訴他們，我這雙手怎麼會出廢品呢！」

這時護士和林伯也已趕到。小護士轉眼間儼然像個權威的醫生，有意要在港客前露一手，公開表演他的欺騙療法：「姓余的，你好好聽著，你是技術標兵外加勞動模範，這樣的手絕對出不了廢品，那是不懷好意的人存心要往你臉上抹黑，你不要上當。你要相

木屋區的不了情　|　178

信我的話，你要頂住！頂住！」

余瑞根不再叫喊了，張著嘴，露出了似笑非笑的臉容。林伯一走進病房區，正在大呼小叫和做著各種怪異動作的病人，早把他的心揪得喘不過氣來。他望著蓬頭垢面的余瑞根，疼惜地一頭撞靠在木欄上唏噓道：「根仔，根仔啊！只半年功夫，你怎麼變成這個樣子！……」林伯有著千言萬語，但哽咽著說不下去了。這時余瑞根呆滯的目光突然一亮，他認出來了，就像見到了救命者，緊抓著林伯的手：「林伯，我好想你啊，林伯！你叫醫生放我出去，求求你，林伯，我要出去接貝貝！……」林伯面對瑞根的苦苦哀求，痛苦得全身哆嗦著：「根仔，你等著，我就去找醫生。」但他怎麼也掙不脫瑞根緊捏的手。

護士握起拳頭作勢恫嚇余瑞根，崔德發立即擋住了他的手臂：「阿根，你放心，讓我們找醫生去。」他強行掰開了對方的手指。余瑞根失聲叫喊起來：「林伯，你別走啊！林伯！」

護士用一種司空見慣的口吻說道：「你們別去找醫生啦，別人想住院還進不來呐！」

「不，我要找醫生問問明白。」林伯朝余瑞根揮手道：「根仔，你等著，林伯馬上就回來。」他朝前走了幾步，突然一個趔趄，趴倒在地上起不來了。崔德發慌忙將他扶靠在自懷裡：「林伯，你怎麼啦，林伯，你說說話呀！」

護士一看慌了手腳：「你別動，我去拿擔架，馬上抬他上急救室。」

崔德發不敢動彈，不停地叫喚著：「林伯，你醒醒。」

木欄內傳來了瑞根叫啞了的嗓音：「林伯，你別走呀，林伯！」

崔德發的心彷彿被撕成了二半，望著木欄裡的余瑞根，充滿忿惑和不平，望著懷裡的林伯，痛楚得雙手直打哆嗦⋯⋯

海峽對岸的迴聲

　　馮志剛捐辦的殘疾人康復中心，廿幾年來，從這裡重返社會的康復者多達千人。他自己除了腿跛，視力衰減和眼角下留有一條燒傷後換皮的凸痕外，嚴格地說，只是個輕度殘疾人。但他常以苦澀的幽默指著胸口宣稱自己是個嚴重的心靈殘疾者。聽者茫然，說者卻是認真的。當年被視為海上花花公子的馮志剛，從班輪最後一次駛離濱江的那一刻，他心的另一半便留在大陸了。只要找不回齊艷芳和他們愛情的結晶，那顆分割兩地的心就永遠無法彌合。半年前在香港的那次意外的重逢，就像做了個恍如隔世的夢，夢醒後，他病倒了。認定今世這殘缺的心靈再也不會康復了。返回台灣後，康復中心再也看不到他跟病人一起健身，一起玩電子遊戲機，一起觀看錄像的身影。人們發現馮志剛經歷了這次秘密的大陸之行後，突然變後衰老和怯於露面了。像隻拒絕歸隊的孤雁，整日關在房裡長唉短嘆。天黑後才掙扎著沿著院外的小溪在暗色中躑躅盤桓，踽踽獨行，彷彿在跟這座康復中心作告別前的巡禮。正當全院上下為他身心俱衰的

狀況而憂慮時，奇蹟出現了。馮志剛的朋友從香港撥來了電話，發來了電傳，又逐日通過快遞寄來了名目繁多的報刊。文字加圖片千真萬確地告訴馮志剛，遭人暗算的莉莉正是他廿幾年來朝思暮想的那個等待出世的孩子。面對一大疊有關莉莉的專欄報道，他又一次跌入了恍如隔世的夢境。啊！這是我的親骨肉啊！老天爺，你太不公正了，你為什麼要用這種方式來懲罰我？他腦中湧出了一連串的為什麼，齊艷芳為什麼把孩子丟棄在大陸？為什麼當面說謊並把他當成陌路人，為什麼？這剪不斷理還亂的情思由於莉莉的出現一下子理清了。看著照片上受難的骨肉，熱血在他胸中奔湧，他霍地站起，擲開手杖在房裡一顛一拐地走跛著，他要行動，在他的有生之年，他要十倍百倍地補償莉莉自幼失去的父愛，他要把莉莉和那個小外孫接來台灣，在父親的護理下，莉莉會出現奇蹟的，會的，一定會的！從此他每天一早就像注入了強心劑，柱著拐杖跳躍式地一聲一拐的出門了。他首先走訪了民政部門，向接待他的公務員遂份展示手中的那疊報紙，由於心情激憤，愈想簡單扼要的說明來意，效果卻恰恰相反。年青的公務員從未接待過這樣唐突的來訪者，認定馮志剛走錯了門。既是女兒和外孫女在香港出了事，接回台灣就是了，緝拿兇手歸案就看香港警署的本事了。當馮志剛進一步說明其女兒出生在大陸，移民香港後至今未見過一面時，他那激動得超乎常情的神態才引起了一屋人的注目，半信半疑地望著用墨鏡遮掩

了半個臉頰的馮志剛，就像傾聽一個又遙遠又離奇的故事。最後接待人以例行公事的口吻打發道：「先生，這裡從未接辦過這種事，請上別處問問吧。」

面對這批好奇而冷漠的年青公務員，馮志剛火了：「我要求把女兒和外孫女接來台灣，這是天經地義的事。你們吃的是公家飯，你們不辦誰辦？！」

公務員連拉帶勸地把馮志剛請出了門：「老先生，別見怪，跟大陸有牽連的事我們全不明白。」

馮志剛無可奈何地搖著頭，心想台灣光復時，他踏上基隆逛夜市坐咖啡室的年頭，這幫年青人還沒出世呢，跟他們談國家分裂造成的不幸實在是白費口舌。但他毫不氣餒，返回康復中心後，翻箱倒櫃地找出了當年那幾份把他譽為救難英雄的報紙，因年代久遠，紙張早已發黃變脆，他小心翼翼地把它放入公事包。第二天一早就直奔出入境簽證處。自信這回總該找對了門徑。接待他的是個中年婦女，女性易於動情，那幾份發黃的報紙起到了對馮志剛刮目相看的作用。對被害的莉莉更是深表同情。按照慣例，直系親屬為香港居民者可以提出遷居台灣的申請。當她要求馮志剛出示婚姻和子女出生等證明時，馮志剛像被當面揭了隱私般全身湧起了一股燥熱。憋了好一陣子，才曲裡拐彎地道出了未婚先孕等實情。接待者頓時冷若冰霜，滿臉難色地表示對這類缺乏法律依據的關係愛莫能助。

馮志剛自怨自艾地長嘆了一聲，拄著手杖走了。以往馮志剛偶爾上街時，出於殘疾者的自卑心，總是避開那些打扮入時的窈窕身影，現在突然變了，每逢見到風姿綽約的女性，禁不住會駐足凝視，從她們活潑嬌憨的神態中聯想起自己的女兒莉莉。倘若那艘客班輪不被拉差，倘若自己不在那艘被人羨慕的班輪上工作，命運將會作出另一種安排，莉莉會跟她們一樣生活在無憂無慮的幸福之中。有父親的保護，她決不會慘遭暗算的。馮志剛的心緒像波濤般翻湧起來。當他處於孤立無援的時候，多麼想找個可以依靠的強者傾訴自己的心曲啊！他想到了當年隨船撤退的那位王將軍，他們曾是死裡逃生的朋友，逢年過節時，單身在台的馮志剛都要上他府上作禮節性的拜訪。三年前對方退休時早已晉升為中將。在台灣他是相知者中唯一的強人。馮志剛隨即攔下出租車，決定找對方幫自己出個主意。

王將軍畢業於美國西點軍校，軍界稱他為留美派。退休後依然卡其軍服不離身，瘦高的個頭，行動時腰板挺得像根立柱。門房把馮志剛引進客廳時，他正在跟來訪的一個部下聊天。見到馮志剛兩人霍地站了起來，可見他們對馮志剛至今懷有一份特殊的敬意。馮志剛一進門就向對方深深地彎了下腰：「王將軍，我打擾你們了！」

王將軍報以爽朗的笑聲：「馮先生，你每次進門都行使外交禮

儀，太見外了，快請。」

　　馮志剛看清另一個客人是王將軍過去的副官，侷促不安的心緒得到了緩解，免去了客套的寒暄，把那疊緊繫著自己命運的報紙奉送到將軍手裡：「王將軍，我找到自己的孩子了！請您看看，她就是我留在大陸等待出世的女兒！她的命太苦了！」

　　王將軍邊看邊聽著馮志剛對往事的傾訴，他緊緊地咬著牙，明顯地看出正在竭力控制著陣陣襲來的震驚。看完報，聽完馮志剛淒楚的傾訴後，突然抬起雙目，越過落地窗，越過庭前的花園，越過海峽，腦海裡重現了當年從濱江市撤退的情景。抗日戰爭期間，他是個屢建戰功的團長，內戰期間他率領的是個現代化裝甲師，在戰場上總是大炮開路，裝甲先行。但他給自己訂下了一條鐵的軍規，為了保護自己的部下，身為將軍的他，撤退時必定跟士兵同行。雖然為此發生過多次險情，仍然不准參謀們改動。從濱江市撤退是他戎馬生涯中的最後一次。當時有飛機有戰艦他都不坐，跟最後一批士兵們一起登上了馮志剛的那艘班輪。當他收回視線，關上回憶的屏幕，深感痛惜地問道：「馮先生，當時你為什麼不向我的部下提出來，他們會派車把你的未婚妻接上船的！」

　　馮志剛對當年撤退時的場景更是歷歷在目，惶惑地實言相告道：「王將軍，你的部下一上船就佈了崗，下達了不准任何人離船的命令，在他們的槍口下，我還能提什麼要求呢，再說……」

「軍令是人下的，馮先生，我們軍人也是文明人！」告別了武器的王將軍感慨不已地發表了一通羅曼蒂克的議論：「戰爭史上，為了拯救婦女和兒童的生命，甚至為了鮮花，交戰雙方可以暫停攻擊。馮先生，當時你應該要求見我。你為什麼不挺身保衛自己的愛情？！」

馮志剛簡直懷疑起自己的耳朵來了。這是出自一聲令下，萬夫從命的將軍口中的言語嗎？聽他的口氣，好像不是因為部隊的拉差，而是自己的懦弱種下的苦果。他以悲愴的苦笑表達內心的委曲。這時坐在右側的副官插話道：「將軍，當時戰情十分緊迫，聽說斷後的部隊提前撤了。我們是撤離濱江市的最後一條船。」

「不，」在王將軍的作戰史上，這是一次記憶格外清晰的撤退：「我們從登船裝運到開船整整停了十八個小時。」他一揮手，為這個話題劃下了句號。

客廳裡一下子變得肅穆無聲，馮志剛深恐自己的言行冒犯了對方，囁嚅道：「王將軍，我實在迫不得已才登門打擾的，我想只有您王將軍可以幫我出個主意。」

王將軍的注意力又集中到報紙上，沒有理會馮志剛的話。他指著圖中莉莉的舞姿，突然轉向馮志剛，盯著微微上翹的嘴角：「她長得很像你啊！馮先生，我們曾經一起掙脫了死神的魔掌，想不到廿幾年後，我們又在一起接受愛神的懲罰！」他驀地站起，走到擺

設古玩的紅木櫥前，逐個拉開抽屜尋找著什麼。馮志剛神色不安地注視著他。王將軍尋找了好一陣子，最後終於從壁櫥的抽屜裡翻到了那根熄火多年的義大利煙斗。用堅實的兩排門牙緊叼在嘴裡。雙手插袋在室內來回踱起來。這是他幾十年養成的老習慣。在師部，在指揮所裡，每當作出重大決策前，總是叼著煙斗，雙手插袋不停地來回踱步。這個習慣動作正預示著他又將作出什麼重大的決策了。那個曾經像影子般朝夕相隨的副官深諳對方的脾性，雖然早已退休，因懾於數十年的軍威，從長官叼起煙斗的那一刻，座下像安了彈簧似的，一下子把他彈立起來。馮志剛出於禮貌也起身躬立在座前。王將軍走踱片刻，猛地停下：「張副官！」

「是，將軍！」張副官快步挺立在對方跟前。

王將軍雖然神態嚴肅，語氣卻顯得格外親切：「你看，我們都離開軍隊多年了，至今還改不了口。早該稱你張老闆了。你設在香港的那家分行最近生意做得怎麼？」

張副官卸下軍裝後即從事經商，憑著多方關照，更少不了王將軍的幫助，發展極快，在菲律賓和香港都設了分行。他在老上司前如實相告：「去年的盈利比總行還多。」

「那就好！」王將軍把煙斗嘴指向對方：「馮先生在香港的那攤子事就拜託你了。你陪馮先生馬上去香港，盡快辦好必要的公證。要捨得花大錢，要請香港最有名的大律師！」

王將軍這番命令式的決策，完全出乎馮志剛的意想之外，他驚喜交加地走到對方跟前：「王將軍，我，我……」他原想說手頭還有點積蓄，香港方面的事不必勞駕張副官，問題的關鍵是能否取得這裡的入境證。但因過於興奮舌頭反而不聽使喚了。王將軍好像猜到了他尚未出口的話，撫慰道：「放心，馮先生，這裡的事留給我來辦。我馬上去找何立法委員，他是我的老朋友，請他出面疏通一下。」王將軍隨即轉變了語氣，深知這件事的難度，既說給自己也是說給他們聽的，發出了擲地有聲的承諾：「疏通不行，我就召集當年乘船來台的老部下，一起上政府請願去！」

　　馮志剛用手杖支撐著顫巍巍的身軀，他的眼睛早已潮濕了。王將軍看到對方的下顎在抽搐，鏡片後面突然淌下了一行抖動的淚水。把手按在馮志剛的肩上，動情地說道：「馮先生，當年你拯救了我們一船官兵的性命，你的事我不出面辦，誰辦！」

　　王將軍催促他們立即行動，叫馮志剛搭張副官的便車。在宅前的花園裡分手時，馮志剛突然轉過身來，緊握住對方的手：「王將軍，我跟女兒還有我的小外孫會感激你一輩子的！」

　　王將軍作了個不屑一提的手勢：「上車吧，馮先生，到了香港隨時跟我通氣。」

　　馮志剛走後，王將軍立即打開車庫的大門。庫裡停著一輛轎車和另一輛老式的美製軍用吉普，這輛老吉普跟隨他多年了，退休時

把它作為紀念品申請開回了家。他自己也弄不明白，今天偏偏要開
著它去見立法委員。他以軍人的敏捷跨進了熟悉的駕駛座，叼著那
根不冒煙的煙斗，踩足油門朝北投方向駛去。

魂泊藝海情無涯

　　蘇有義引渡回J島的第二天就給保釋了出來。跨出拘留所的大門，董事長兼總裁已經在綠樹成蔭的草坪上等候了。他面帶慍怒地迎了上去：「有義！」

　　神色恍惚的蘇有義停下腳步，雙目滯呆地瞪視著對方。蘇有義變了，濃密的鬍子遮掩了昔日容光煥發的面容，昂然僵立的身軀代替了往日的瀟灑。雙方對視了好一陣子，董事長無奈地搖著頭，以總裁兼內兄的口吻訓斥道：「你啊，幹出了什麼樣的蠢事！到現在還沒清醒過來？對待歡場女子，你居然動起真格來了！」

　　蘇有義默默地注視著對方，想探出內中隱秘似的，呆滯的目光漸漸變得懊憤而鋒利了。董事長望著蘇有義陽剛氣十足的那臉鬍子，氣惱地說道：「好了，一切都過去了，就當成一場夢。走，我送你回家，阿珍和姨媽她們都等著你。要不要先找個地方梳洗一下？」

　　「回家？我沒有家！我在拘留所裡已經委託律師辦理離婚手

續。」蘇有義的語氣莊重得令對方發怵：「我自由了！你明白嗎？我不再受家庭的約束，我現在是個自由人！」他向對方逼近一步，伸手想一把揪住對方的衣領，但終於控制住自己，在對方胸前捏成了拳頭：「告訴我，香港的事是不是你們幹的？！」

董事長的臉色驟變。沒有家？離婚！這是從任其揮霍，名揚商界的林家女婿口中說出來的話嗎？林家大少爺如遭迎頭一棒，憤然怔立，朝竟敢切斷財源如潮的蘇有義投出了懷疑而輕蔑的一瞥，撥開對方的手臂，突然改用英語怒斥道：「我看你是瘋了！」在邁向停車處又擲下了一句深感受辱後的憤言：「你的教養到哪兒去了！」

司機早已打開了車門，蘇有義追了上去：「等一等！」他從袋裡取出了那封未及寄出的裝有借據的信，遞向對方：「這是我的借據！」

董事長一怔，狠狠地瞪了蘇有義一眼：「你的夢還沒做醒啊！」便鑽進車廂走了。

蘇有義是由公司保釋出來的，但精明的董事長尚未撤訴。有案在身的蘇有義，趕去辦理赴港的簽證時當然被拒之門外。同時從一個相處甚密的公司僱員口中得知，他的那個南美同學早把歌舞廳盤了出去，他本人已經跑得無影無蹤，公司正派人前去偵查。接踵而至的打擊加上對莉莉刻骨銘心的思念，蘇有義就像溺入大海後心力交瘁的泅水者，而林氏家族像艘跟蹤監護的豪華遊艇，只待蘇有義

回首攀舷而歸。碧珍的姨媽找他說過情，勸他以家族的聲譽和自身的前途為重，他無動於衷，他的心裡只裝著莉莉，唯一的選擇是勇往直前，帶著慘遭傷害的莉莉一起游到幸福的彼岸。誰也阻攔不住他向過去告別，新的人生從今開始的決心。他斷然拒絕親友們的任何幫助，子身一人在近郊租了一間土著人的高腳屋作為棲身之地。數日後騎著自行車，挾著小提琴來到了碧波蕩漾，風光旖旎的旅遊區，在椰樹翩翩，風情萬種的海濱選中了一塊草地，像歐洲的街頭藝人那樣作為自己賣藝的「舞臺」。一向視金錢為俗物的蘇有義，把聚錢的盤子放得遠遠的，雖然囊中空空，在他的潛意識裡卻依然固守著藝術和金錢的距離。他拉的第一個曲子正是為莉莉排定的準備在「幻鄉」歌舞廳首演的那首。旋律從他指縫中潺潺流出時，腦海中隨之出現了莉莉的舞姿，音樂為舞蹈注入了靈魂，舞蹈又為音樂插上了翅膀。這琴聲，這幻覺中的舞姿把遠隔兩地的兩顆受傷的渴望撫慰的心緊緊地連到了一起。拉著拉著，熱淚漸漸聚滿了眼眶……

　　蘇有義在旅遊區賣藝的行為，成了J島街頭不脛而走的新聞。原先接受過林氏公司關照的記者，答應不在報上披露蘇有義被拘的內情，現在卻由蘇有義自己公諸於世了。第一批聞訊趕去看望蘇有義的是他往日的學生，如今都是為人父母的成年人了。這裡是J島人游泳、消閑和小憩的勝地。他們發現蘇有義站立的那塊草

坪，正是當年蘇有義組織郊遊和上音樂課結合起來、舉著自製的繡著音符的小彩旗，興高采烈地帶領他們彈琴、唱歌和跳舞的地方。如今他們還能從這裡檢回當年的歡聲和笑語。男生們在草地上翻滾、仰臥，任由海風吹拂，陽光愛撫；女生們正值滿懷情愫都是詩，映入眼底都是畫的年齡，在她們心目中，蘇有義恰是詩和畫的化身。她們怎麼也沒有想到，廿年後，這位原凝聚著一身音符的老師會跌入不幸的深淵，自甘淪為一個孤獨的賣藝人。怕驚擾和損傷老師的尊嚴，她們躲在樹背和灌木叢裡，深情凝視，屏息聆聽著如訴如泣的弦聲。望著老師那叢久蓄不剃的鬍子，望著他放下琴極目遠眺，低迴欲訴的神情，她們終於找到了表達感情的方式。把錢集中裝進了紙袋，交給那個攜帶孩子的同學。孩子的媽媽一再叮嚀道：「去，朝那位伯伯鞠個躬，再把紙袋放進盤子裡。記住，要恭恭敬敬的先鞠個躬！」

蘇有義把第一筆賣藝所得匯往香港中環的一家花店，指定每天送束鮮花給住院的莉莉，並請店主寫上自己的附言：「莉莉，我和這束用琴聲灌溉的鮮花一起陪伴你。」

蘇有義的琴聲成了遊人們駐足必聽的節目。他的出現成了旅遊區最引人注目的一個新景點。那些好嚼舌頭的老太太更閑不住了，從四面八方跑來親睹這個名聲遠揚的賣藝人。她們搖著頭發出了一方婉惜的感嘆：「這就是林家的女婿嗎？大富大貴的人啊，造孽

呵，為了一個女人，把自己糟蹋成這個地步！」

「難怪有人說拉的、唱的、跳的都是半個瘋子！」

「準是中了那個女人的『降頭』！」

當遊人們在咖啡攤旁歇腳，一面啜著咖啡，一面把蘇有義作為消閑的談料時，在落日的余暉下，蘇有義成了流浪兒心目中的財神。他們摸準了這個賣藝人的脾性，領頭的走到聚錢的盤子前，從中取出了幾張錢幣，朝蘇有義揮喊著：「大叔！？」以徵得他的恩賜。蘇有義總是點頭表示樂意和他們分享自己的收穫。孩子們歡叫著直奔濱的小食攤，他們可以美美地飽食一頓了。

數星期後，碧珍的姨媽突然出現在蘇有義跟前。當年的牽線人原是出於滿腔的熱情把他們撮合到了一起。財富是一切事業的助推器，她以為蘇有義將藉此邁入藝術的王國，奔赴它的殿堂，摘取它的皇冠。但她發現自己錯了，蘇有義竟被動推到了遠離藝術的另一個世界。等她回頭時，只能孤獨地在自造的王國裡遨遊。姨媽被蘇有義的苦苦地糾纏了幾個星期，令她吃驚的是，自己的同情最後竟偏在蘇有義一邊。她滿臉憂傷地說道：「有義，這裡不是西方，你得馬上結束這種不體面的生活。」

蘇有義昂然而立，沒有答話。這些日子他幾乎成了只會思考不會說話的啞巴。姨媽接著向他轉告了有關碧珍的近況：「有義，碧珍跑來看過你好幾次了，她不敢走近你，每次都哭著回家。她變

了，開始拜佛念經，整天喃喃著像在懺悔什麼。昨天她突然收拾行李去了曼谷，告訴我要住進泰國的寺廟裡，從此不回來了。」

蘇有義的眼中驀地閃現了驚憤的目光，他想追問，想從中探出莉莉遇害的線索，但他放棄了。因為他早把碧珍的形象從心靈的螢幕上驅走了。見面至今，這時才開口道：「那小培呢，他願意的話就跟我一起生活吧。」

小培是他們的養子，因碧珍多年來未孕，從其外婆家的遠親處領來的。姨媽寬慰對方道：「我們商定了，讓他寄宿在學校，我會照顧他的。」

蘇有義說了聲：「那就拜託你了。」又緊緊閉上了嘴巴。

姨媽早已料到碧珍摔裂提琴的剎那，猶如破鏡再也無法重圓。但她來見蘇有義還有要事和他商量：「有義，我找大哥談過多次了，他很固執，說你的行為羞辱了林氏家族，怎麼也聽不進我的勸告。昨天送阿珍上飛機後，他才鬆了口氣，只要你答應離開這裡，再也不回J島，他就把案子撤回。有義，我替你想過了，這對大家都好，你就按大哥說的做吧。有什麼困難，姨媽想法幫助你。」

蘇有義聽著聽著感情像火山般爆發了：「被羞辱的首先是我！」他高舉著提琴：「用它換飯吃是音樂家的權利！我還要用它爭回失去的尊嚴！」蘇有義的聲音變得低沉而堅決：「我出生在這裡，他可以讓我坐牢，但休想逼我離開它！」他沒有把心裡話全說出來，

這件案子遲早要了結，坐牢有期限，不然就還他自由。從他開始賣藝生涯的第一天，他就下定決心要把莉莉接來J島，守護著她，用琴聲陪伴她，用琴聲呼喚奇蹟的出現……

涙水在姨媽的眼中滾動，她哽聲勸阻道：「有義，你需要冷靜，你一定要認真的想一想。」她步履蹣跚地走了。剛走到灌叢時，身後便傳來了激越的琴聲，她全身一顫，猛一回頭，看見蘇有義傾注著全身的心力在觸弦運弓，作為音樂的知音，姨媽彷彿聽到了他向命運抗爭的心聲，她禁不住搗著臉哭了。

今晚蘇有義沒有返回那間栖身的小屋，舖上塑料布准在這裡過夜。每逢好天或心情格外憂郁時他都在草坪上過夜。睡在藍天下，聽著波浪拍岸的濤聲，他感到離莉莉近些。

熱帶的夜，高大的椰樹在海風的吹拂下婆娑起舞，天空清澈得可以看到飄浮的雲彩。這時正是情侶們相依相偎，互訴情懷的時刻。她們冀望著能聽到蘇有義的琴聲，並引為莫大的幸福。只要蘇有義在這裡過夜，他的琴聲就顯得更加動人。弦音透過夜色，充滿著沉思和冀望，洋溢著震撼心靈的力量，為的是他要把這琴聲傳感於遙遠的另一顆心靈，這時年青的情侶們便會仰慕而立，望著蘇有義高高的剪影，他宛如雕塑般矗立在夜色中。情侶們依偎得更緊了，相貼的心發出了無聲的詠嘆：啊，他是我們J島的驕傲，我們的愛情要像他一樣堅貞……

在這溫馨脈脈的夜色中，蘇有義總是面向東方，他望著水平線上向東駛去的航船，望著掠空東去的班機，揪著頰下的山羊鬍子，這叢自離開莉莉那刻開始蓄起、準備在重逢時剃去的鬍子，是他表達跟莉莉一起受難的象徵。一輪新月從水平線上躍然昇起，他淚水矇矇地在心裡喃喃著：莉莉，我的心沒有離開你，我會來接你的，你一定會喜歡J島的……